AF185476

Markus Haack

Als ich mich verlor

© 2019 Markus Haack
Umschlag, Illustration: Markus Haack
Lektorat: Mentorium
Bildlizenz für Umschlagillustration:
fotolia_107312635 jakkapan

Verlag & Druck: tredition GmbH,
Halenreie 40-44, 22359 Hamburg

ISBN
978-3-7497-8811-8 (Paperback)
978-3-7497-8812-5 (Hardcover)
978-3-7497-8813-2 (e-Book)

Davor

Ich kam zum ersten Mal in diese kleine Buchhandlung, die in einer Seitenstraße oder mehr einer Seitengasse entlang der Mauer des Schlosses lag. Man übersieht sie leicht, wenn man nur von einem Ort zum nächsten hastet, ohne aufzusehen. Wäre ich an diesem Tag nicht in der Laune gewesen, im Schlendergang ziellos umherzustreifen, dann wäre ich an der Gasse achtlos vorbeigegangen.

Ich betrat das Ladenlokal und meine Augen mussten sich erst an das Dämmerlicht gewöhnen. Dann sah ich Dich zum ersten Mal. Du sprachst mit einem älteren Herrn, dem seine vielen Gebrechen leicht anzusehen waren. Sein Stand wirkte instabil, er musste sich an einem der Bücherregale abstützen.

„Kann ich Ihnen etwas zeigen?", fragtest du ihn.

„Ich suche das *Lissabonner Requiem* von Antonio Tabucchi", sagte der Herr und stützte sich auf einen Spazierstock, als könnte ihn ein Wind erfassen, der in den Ecken der Buchhandlung auf ihn lauerte.

„Da haben Sie einen ausgezeichneten Literaturgeschmack, mein Herr. Das Lissabonner Requiem zu lesen, ist wie Träumen mit offenen Augen. Ich hole es Ihnen."

Dann gingst du in einem der Gänge zwischen deckenhohen Regalen auf die Suche. Die Bücher standen nicht in einer Ordnung, die sich mir auf Anhieb erschloss. Der Dreh- und Angelpunkt der Buchhandlung warst du. Du hattest eine Landkarte im Kopf, auf der jedes Buch verzeichnet war. Du wolltest den Kunden wie in Seenot Geratenen helfen, aber du fordertest dafür auch etwas von ihnen. Du liebtest Geschichten mehr als alles andere und erfuhrst von fast jedem Kunden Dinge aus seinem Leben, während du ihn aus den Buchstabenfluten bargst und in einen sicheren Hafen geleitetest. Auf das Stichwort *fin de siècle* wärst du von deinem Platz an der Kasse zwei Meter geradeaus, einen Meter nach links und dann fünf Meter entlang all der Bücher gelaufen, die darauf warteten, entdeckt zu werden und einen Wirt zu finden, der ihre Geschichte in sich aufnahm. Sei es Marguerite Duras,

Ernest Hemingway, Novalis oder Thackerey, du hättest sofort die Koordinaten gewusst.

„Hier habe ich ihr Buch. Kennen Sie denn auch *Nachtzug nach Lissabon*? Das dürfte Ihnen auch gefallen", sagtest du.

Der ältere Herr nickte. „Ja, das kenne ich. Ich habe es gelesen, als ich tatsächlich im Zug nach Lissabon gesessen habe. Ich kam von Madrid, wo ich meine Nichte besucht habe", antwortete er.

Ich stand noch immer im Eingang und sah dich unverwandt an. Irgendwie erschienst du mir vertraut, obwohl wir uns wahrscheinlich nie zuvor begegnet waren.

„Wie alt ist ihre Nichte?", fragtest du.

Der Herr wurde redseliger. Er schien glücklich, ein offenes Ohr gefunden zu haben. „Sie wird in diesem Jahr 18. Wenn ich sie nur öfter sehen könnte. Ich komme nur einmal im Jahr dorthin und immer hat sie wieder neue Ideen und, wenn ich das als ihr Onkel sagen darf, sie sieht so hübsch aus. Wenn ich ein junger Mann wäre und nicht ihr Onkel, dann würde ich mich sofort in sie verlieben. Meine Marina, sie hat einen Kopf mit vielen Locken darauf und vielen Flausen darin. Sie lacht so viel und sie hat so einen Hunger auf das Leben, dass man sie eher bremsen muss. Manchmal habe ich aber das Gefühl, dass sie nicht weiß, in welche Richtung sie einmal gehen möchte. Sie fängt so vieles an, möchte dann aber schnell zum nächsten weiter, wenn sie wieder etwas gesehen hat, das sie interessiert", erzählte der Herr und wurde mit jedem Wort lebhafter.

„Marina ist ein schöner Name. Da habe ich noch etwas für sie. Sie müssen unbedingt den Roman von Carlos Ruiz Zafón lesen. Der heißt wie ihre Nichte *Marina* und ich könnte mir vorstellen, dass Ihnen diese Marina auch gefallen wird. Außerdem glaube ich, dass sie darin den Wechsel zwischen Traum und Wirklichkeit finden, den Sie auch am *Lissabonner Requiem* mögen werden", sagtest du.

Ich bewunderte dich vom ersten Tag an dafür, wie du Menschen glücklich machen konntest. Menschen, die als graue, frustbeladene Gestalten den Laden betraten, verließen ihn mit einem Lächeln auf dem

Gesicht. Ich lernte so vieles von dir und ich hatte mich nicht nur in dich verliebt, sondern auch in deinen Beruf.

Einmal sagtest du zu mir: „Du kannst einem Menschen kein größeres Geschenk geben als dein Gehör. Werfe ihm dann nur einen kleinen Brocken Leben hin und sehe dabei zu, wie er sich darauf stürzt." Das sollte ich nie vergessen. Wie es dann dazu kam, dass ich dein Auszubildender wurde, möchte ich als nächstes erzählen.

*

Ich war ja gerade erst 18 geworden und hatte nach dem Abitur keine Idee, was aus mir werden sollte. Ich lebte noch bei meinen Eltern und genoss noch immer die Vorzüge des Einzelkind-Daseins. Mein Zimmer war eine kleine Dachkammer in einem stattlichen Gründerzeithaus. Ich lebte gerne dort und, was mich ebenfalls dort festhielt, ich hatte Angst davor, in das Erwachsenenleben aufzubrechen, was auch immer das ist. Ich hatte keine genaue Vorstellung davon und wusste nur, dass es damit zu tun hatte, mehr Verantwortung für sich selbst zu übernehmen.

Was meinen Berufswunsch anbelangte, so wusste ich nur, dass ich nicht so werden wollte wie mein Vater. Sein beruflicher Erfolg kannte keine Grenzen, aber ich bildete mir ein, hinter die Fassade blicken zu können, hinter der ich nichts sah als seinen Egozentrismus. Heute weiß ich, dass mein Urteil über ihn, wenn nicht gar falsch, so doch zu hart gewesen ist. Ich war immer sehr parteiisch und hatte zu meiner Mutter gehalten, die mir ihre Sicht auf den Mann, den sie als Wurzel all ihres Leids sah, übergestülpt hatte. Dass sie dabei mehr unter sich selbst und ihren Dämonen litt, verstand ich damals nicht. Verübeln könnte ich dabei meinem Vater nur, dass er es ebenso wenig verstand, aber das hätte keinen Sinn, da er nun mal auch nicht aus seiner Haut herauskonnte.

Ich wusste und verstand damals nicht viel. Besonders wusste ich in allen Belangen des Erwachsenwerdens immer nur, was ich alles nicht wollte. Als ich dich am Tag zuvor in der Buchhandlung gesehen hatte, war es anders gewesen. Ich hatte etwas gespürt, ja vielleicht hatte ich mich selbst gespürt und wusste zum ersten Mal in ganz groben, noch schemenhaften Zügen, was ich wollte und vor allem, wer ich werden wollte. Das war mir damals so noch nicht klar gewesen, aber in der Rückschau erscheint es mir so. Ich dachte damals bloß, dass ich gerne las und dass ich dir, obwohl ich dich ja noch gar nicht wirklich kannte, unbedingt gerne nah sein wollte. Also nahm ich meinen besten Mantel, die Aktentasche meines Vaters und ging einfach wieder zu dir in den Laden und habe mir dabei, was ich dir nie erzählt habe, fast in die Hose gemacht, so viel Angst hatte ich. Ich kam herein, lief auf dich zu und bat einfach um einen Ausbildungsplatz, als ginge es um ein Taschentuch oder um irgendeine Kleinigkeit. Ich hatte es getan, ohne mit meinen Eltern zuvor darüber gesprochen zu haben. Ich wusste, dass ich von meinem Vater bloß eine gewaltige Standpauke zu erwarten hatte, dass ich all mein Potenzial, ja mein ganzes Leben achtlos wegwerfen würde. Meine Mutter würde nichts sagen, vielleicht würde sie es sogar verstehen, weil sie selbst als junge Frau einer romantischen Vorstellung von Liebe hinterhergerannt ist, die im Laufe ihres Lebens immer mehr in großer Enttäuschung aufgegangen ist. Es war mir in diesem Augenblick alles egal. Ich wusste seit langem zum ersten Mal, was ich tun musste.

Als ich vor dir stand, war ich trotzdem so unsicher, dass du dir ein furchtbares Stammeln anhören musstest. Als ich dann dastand und nicht wusste, was ich nach meiner Bitte noch sagen sollte, sagtest du, ich solle den Laden verlassen und erst dann wieder betreten, wenn ich wüsste, weshalb ich Buchhändler werden will und dazu noch in einer Literaturhandlung wie dieser. Ich fragte mich damals, warum du so streng warst und gab die Vorstellung, Buchhändler zu werden, beinahe wieder auf, so sehr fühlte ich mich verletzt davon, von dir zurückgewiesen worden zu sein. Die Angst vor dieser Zurückweisung sollte noch lange in mir nachwirken und verhindern, dass ich dir mein Herz offenbarte. Heute kann ich deine Reaktion aber gut nachvollziehen. Ich war allzu unbedarft und blauäugig an die Sache herangegangen.

Ich traute mich an diesem Tag nicht erneut, den Laden zu betreten. Auch am nächsten Tag überwand ich meine Angst nicht. Erst zwei Wochen später sollte mir etwas einfallen, was ich dir sagen konnte. Als ich dann wieder zu dir ging, stand ich mit erhobenem Kopf vor dir. In mir war ein Erdbeben, mein Herz raste und meine Knie zitterten, aber ich wusste, was ich wollte und das gab mir diesmal die nötige Kraft.

Ich weiß nicht mehr genau jedes Wort, das ich dir gesagt habe, aber es muss etwa so gelautet haben: „Ich will Geschichten verkaufen, die Menschen auf der Seele brannten, als sie sie niederschrieben. Ich will Buchhändler werden, weil ich Menschen glücklich machen möchte, indem ich ihnen das gebe, woraus sie ihre Träume, Ideen und Sehnsüchte gewinnen. Ich will in keiner Welt ohne Bücher leben, denn gute Bücher sind das, was die Menschen aufklärt und was sie zu humanen Wesen werden lässt. Solche Bücher will ich verkaufen." Nachdem ich geendet hatte, bliebst du zunächst still.

Dann begannst du zu lachen. Ich weiß nicht, ob du mich ausgelacht hast oder, ob du aus Freude gelacht hast, mich wiederzusehen und meine Entschlossenheit zu spüren. Wahrscheinlich war es eine Mischung aus beidem.

„Wie heißt Du?", fragtest du und es fühlte sich für mich kurz schon so an, als hätte ich dein Herz erobert. Ich bemühte mich, meinen Blick aufrecht zu halten und dir in die Augen zu sehen, als ich meinen

Namen nannte. Menschen in die Augen zu blicken, war mir als Kind sehr schwer und als Jugendlicher noch immer schwer gefallen. In der Lage, in der ich mich nun befand, fühlte ich mich wie ein Kind, dass etwas Unerhörtes zu einer erwachsenen Frau gesagt hat.

„Dann freue ich mich, Dich als neuen Auszubildenden begrüßen zu dürfen."

Du lachtest erneut und ich sah in dein Gesicht und fühlte mich der Ohnmacht nahe.

*

Ich war in meinem ersten Ausbildungs-
jahr und erwog es nicht, aus der Dachkammer in der feudalen elterlichen Stadtwohnung auszuziehen. Diese Kammer war
seit ich denken konnte mein Rückzugsort
gewesen, der Ort, an dem ich ganz frei war,
zu sein, wer immer ich sein wollte. Hier
hatte ich in meiner Kindheit die ersten Bücher gelesen, meine ersten sexuellen Empfindungen gehabt, von einer Mitschülerin
fantasierend, und hier hatte ich mich aus-
geweint nach den heftigen Auseinandersetzungen mit meinem Vater, die während
meiner Pubertät beinahe an der Tagesord-
nung gewesen waren. Das Zimmer hatte
sich mit mir zu dem gewandelt, was es jetzt
war. Vom Kinderzimmer mit bunten Bildern vom Sandmann und verpönt westlichen Mickymaus-Zeichnungen, hin zum
Jugendzimmer mit Postern von Gothic-
Bands und dann zum Zimmer eines jungen, romantisch verklärten Erwachsenen,
ringsherum mit Bücherregalen, einem
Schreibtisch, einem Computer und einigen
Kunstdrucken von Arnold Böcklin, Caspar
David Friedrich und Edgar Degas. Das

Zimmer lag unter dem Dach eines Hauses, das der Besitzer einer Großdruckerei in der Aufbruchsstimmung der Gründerzeitjahre hatte bauen lassen und dessen beiden Obergeschosse meinen Eltern gehörten. Es hatte Bordüren, Friese und Gesimse und die hohen Fensterkreuze schauten aus Erkern auf das Kopfsteinpflaster der Straße.

Vor dem kleinen Dachfenster konnte ich nicht aufrecht stehen, da es in die Dachschräge eingefasst war. Der Ausblick ging über schwarze Schindeln und eine Regenrinne aus rotgoldenem Kupfer hinweg zur Orangerie des Schlösschens. Mir gefiel die kleine Kammer noch immer und ich verbrachte Stunden lesend und schreibend an meinem Pult. Das Gurren der Tauben hörte ich nicht mehr, wenn in meinem Kopf die Stimmen von Dumas, Dürrenmatt, Gogol, Sartre oder Grass laut wurden. Ich las alles, was mir an solcher Literatur mit ihren schweren Gedanken in die Hände fiel und begann eine Abscheu für den plumpen, unbedachten Umgang mit Sprache zu entwickeln. Literatur musste mich in Brand setzen und wenn ich an

durchlesene Wochenenden mit Sartre zu-
rückdenke, dann sehe ich, wie sehr mein
Leben manchmal einem Fiebertraum gegli-
chen hat. Ich suchte keinen Schutz vor
Ideen, die den Boden vor mir aufrissen.

An manchen Tagen in den heißen Som-
mermonaten des folgenden Jahres hast du
mich losgeschickt, um Eis für uns beide
von dem Eiscafé zu holen, das in dem
Glaspavillon am Waldrand lag. Der Bau
mit seinen gusseisernen Verschlägen war
wie ein Relikt aus dem *fin de siècle*. Ich
freute mich schon am Morgen besonders
heißer Tage darauf, weil die Arbeit kurz in
den Hintergrund trat und du so zitronen-
farbenleicht und mädchenhaft wirktest,
wenn du Eis mit mir gegessen hast. Beim
Eis warst du kurz ganz bei mir. Du
sprachst meistens über Literatur, manchmal aber auch über Orte, die du gerne sehen wolltest. „Später einmal", sagtest du
dann immer. Wenn ich dich fragte, wann
das sein möge, lächeltest du nur und sagtest, dass die Zeit dafür schon kommen
würde. Wenn ich erwiderte, dass ich dich
dann gerne begleiten würde, lachtest du

und gabst zur Antwort "Wir beide, ja, schön wäre das, aber wer passt dann auf die Bücher auf?" Ich weiß nicht, ob du mich zu dem Zeitpunkt schon insgeheim liebtest und dir hättest vorstellen können, später wirklich mit mir zu verreisen, aber ich klammerte mich an der Vorstellung fest, dass es so wäre. Ich hatte noch eine lange Ausbildungszeit vor mir und wollte nichts überstürzen, auch aus Angst, du könntest meine Liebe nicht erwidern.

Nur selten habe ich dich während meiner Ausbildungszeit nachdenklich erlebt und über dein Innerstes sprechen gehört. Einmal sagtest du etwas, das mir nicht mehr aus dem Kopf ging: „Ich wünschte, es käme noch einmal ein Kindheitssommer. Die Zeit draußen zu verbringen, Blumen zu pflücken und daraus Kränze zu flechten. Die einfältigen Spinnereien und die Rollenspiele, in denen das vorweggenommen wird, was die Erwachsenen tun." Ich ahnte in dem Augenblick, dass eine Schwermut auch dich manchmal heimsuchte.

*

Mein Weg zur Arbeit führte mich vorbei an gründerzeitlichen Stadtvillen und Pavillons. Ich lief durch den Park, am Zooschaufenster entlang. Zooschaufenster wurde ein Platz inmitten des Parks genannt, von dem aus die künstliche Savannenlandschaft, bevölkert von Giraffen und Antilopen, einzusehen war. Ich gelangte in das Waldstraßenviertel, wo die Literaturhandlung Lysander seit einhundert Jahren „wohlfeile Bücher" verkaufte. So stand es auf dem Schild über dem Eingang geschrieben.

Jeder Tag spülte neue Schiffbrüchige an, denen wir nun gemeinsam rettende Hände boten. Für mich begannen die Tage damit, dass ich entlang der hohen Regalreihen lief und prüfte, wo Lücken entstanden waren, die wieder befüllt werden mussten. Täglich führte mein Weg auch ins Lager, einem schummrigen Raum in den Katakomben der Buchhandlung. Jede richtige Buchhandlung hat ihre Katakomben. In unserer Katakombe wartete auf engsten Raum der Nachschub für die Titel, die niemals ausgehen durften, weil du sie mehr als alles andere in deinem Herzen eingeschlossen hattest. Manchmal ging diese Liebe sogar so weit, dass sie in mir Eifersucht wachrief. Ich wusste, dass diese Regung unsinnig war, weil ich keinen Anspruch auf dich hatte und das Gefühl, dich zu lieben, oft noch einer diffusen Verwirrtheit glich, die sich nie richtig wirklich anfühlte.

Im ersten Lehrjahr erlaubtest du mir manchmal für eine Stunde am Tag, die Buchhandlung zu übernehmen. Ich war stolz. Während der Zeit arbeitetest du an den Verlagsvorschauen oder last in den Neuerwerbungen, ohne mich dabei aus den Augen zu verlieren. Im zweiten Lehrjahr waren es dann oft drei oder vier Stunden am Tag, währenddessen du in den Stapeln der Verlagsvorschauen so lange siebtest, bis nur wenige Juwelen in den Frühjahrs- und Herbstprogrammen übrig geblieben waren. In diesen Stunden versuchte ich, dir ebenbürtig zu werden und dadurch auf dich zu wirken. Manchmal gelang mir dies sogar.

*

Ich hatte bislang niemanden von meiner Liebe zu dir erzählt und unerfüllte Liebe hat bisweilen die Tendenz, zur Obsession zu werden und eine Obsession kann sehr quälend sein, wenn sie zum Schlafräuber wird, den freien Fluss der Gedanken blockiert und ein schmerzendes Druckgefühl in der Brust erzeugt. Ich spürte, dass es mir nicht gut tat, diese Last alleine zu tragen und mich mit niemanden darüber auszutauschen zu können. Da ich seit dem Ende der Schulzeit sehr wenig dafür getan hatte, mir meine Freundschaften zu erhalten, erschien mir niemand außerhalb der Familie für ein offenes Gespräch über meine Leidenschaft geeignet. Daher wandte ich mich an meine Mutter. Bei meinem Vater war das Unverständnis dafür, dass ich nicht studierte, so groß, dass es nichts genutzt hätte, mit ihm darüber zu reden. Ich fürchtete, dass er mich nur noch weniger würde verstehen können, wenn ich ihm offenbarte, dass es die Liebe war, die mich, nach seiner Auffassung, in mein Unglück laufen ließe. Er hatte einmal in einem Moment der Schwäche zugegeben, er wüsste gar nicht, was Liebe überhaupt sei und er habe nie so etwas empfunden. Dass jemand seinen beruflichen Ehrgeiz für so etwas wie die Liebe hintenanstellt, wäre für ihn unbegreiflich.

Ich trug den Gedanken, mit meiner Mutter darüber zu sprechen, eine Weile mit mir herum, wartete aber mit der Aussprache so lange, bis mein Leidensdruck so groß geworden war, dass ich meinte, ihn nicht mehr ertragen zu können. Als ich mich damals für den Schritt entschieden hatte, die Ausbildung ohne Einwilligung meiner Eltern zu beginnen, war dies für mich auch eine Form des Triumphs gewesen. Ich hatte mich zum ersten Mal erwachsen gefühlt, wenn auch nur kurz, da mich die vertraute Unsicherheit ob meines Handelns schnell wieder eingeholt hatte. Ich muss zugeben, dass ich zu der Zeit noch ein verwöhntes Muttersöhnchen war und es ein Novum darstellte, dass ich eine Weiche für mein Leben ohne das Zutun meiner Eltern gestellt hatte. Seither hatte ich aber immer förmlich das Verlangen danach gespürt, meiner Mutter alles zu erzählen.

Gleichzeitig wusste ich, dass mein Verhältnis zur Mutter für meine Psyche sehr ungesund war. Wir waren schon seit dem Ausklang meiner Pubertät so vertraut miteinander gewesen und hatten selbst intime Details über unser Gefühlsleben ausgetauscht. Meine Mutter war früh dazu übergegangen, mir Dinge anzuvertrauen, die das Mutter-Sohn-Verhältnis in seinem natürlichen Gefälle empfindlich störten. Als Kind war ich immer in die Falle getappt, mich von so viel Vertraulichkeit geschmeichelt zu fühlen, ohne dabei zu verstehen, wie sehr meine Mutter ihre Depressionen, ihr unerfülltes sexuelles Verlangen und ihre Unfähigkeit, sich selbst zu akzeptieren, auf mich ausgeweitet hat. Ich war zu klein, um diese Last tragen zu können. Vielleicht hat sie damit viel zu dem psychischen Ungleichgewicht beigetragen, in das mich der Umstand, mich nie ganz abgenabelt zu haben und somit unreif zu sein für das Erwachsenenleben, einige Jahre später getrieben hat. Aber, ich möchte nicht vorausgreifen. An dem Tag, an dem ich beschloss, meiner Mutter alles zu erzählen, war dies zwar eine Niederlage in eben diesem Abnabelungsprozess, aber es war auch eine Befreiung von einer Last, die ich seither mit mir herumgetragen hatte. Sie hatte gespürt, dass ich ihr etwas verheimlichte und das, da es für sie ein neues Gefühl gewesen sein musste, hatte bereits genügt, um unser Verhältnis zueinander zu stören. Die Spannung zwischen uns zeigte sich nicht offen und wäre von einem Außenstehenden unbemerkt geblieben. Ich spürte aber deutlich, dass meine Mutter nicht bloß irritiert gewesen war über meinen plötzlichen Berufswunsch, sondern seither zu ergründen versuchte, was mich tatsächlich dazu bewogen hatte.

Ich wollte nicht zwischen Tür und Angel mit ihr darüber sprechen und nahm mir daher vor, bis zum nächsten Samstag damit zu warten, wenn wir beide die Zeit und Muße dazu hätten. Ich fand meine Mutter an dem Ort vor, an dem sie meistens anzutreffen war. Sie saß am Küchentisch und löste Kreuzworträtsel.

„Ein anderes Wort für Schwermut?", fragte sie, während sie den Blick weiterhin auf die Zeitschrift richtete, als ich eintrat.

„Melancholie?"

„Danke, das wird es sein. Guten Morgen."

„Guten Morgen", sagte ich und setzte mich zu ihr an den Tisch. Die Sonne tauchte die Küche in ein gleißendes Licht. Mit ihrem nostalgischen Kachelofen, der hölzernen Kassettendecke und dem rustikalen Steinfußboden hatte mir dieser Raum immer sehr gefallen.

„Wo wir schon beim Thema sind, ich möchte etwas mit dir besprechen."

Meine Mutter schob die Zeitschrift ein Stück von sich weg. „Oh, geht es um deinen Job?"

„Wie kommst du darauf?"

„Naja, ich hatte in letzter Zeit den Eindruck, dass du mit deiner Entscheidung, die damals nicht nur deinem Vater etwas übereilt erschien, nicht mehr so glücklich warst."

Wenn du damals dem Gespräch hättest lauschen können, dann hättest du wahrscheinlich lachen müssen über die umständliche Art, mit der ich versucht habe, meiner Mutter die einfache Botschaft zu vermitteln, dass ich dich liebe, anstatt einfach in medias res zu gehen.

„Ja und nein. Es geht nicht um die Arbeit an sich, sondern darum...", ich hielt kurz inne und rang nach Worten, obwohl ich doch vorher das Gespräch einige Male im Geiste durchgespielt hatte. Ich suchte nach einer Steilvorlage, die es mir erleichtern würde. Weshalb es mir dann so schwer fiel, die Tatsache zu benennen, weshalb es mir gar peinlich war, das kann ich heute nur noch schwer nachvollziehen, aber es war so. Vermutlich hatte ich selbst das Gefühl, mich in eine große, weltferne, romantische Dummheit verstiegen zu haben und der pessimistische Teil von mir, also auch zugleich der beherrschende Teil meines Wesens, hat nicht daran geglaubt, dass ich deiner überhaupt würdig sein könnte.

„Du hast ja meine Ausbilderin einmal kennen gelernt, als du im Laden warst und mich besucht hast. Wie findest du sie eigentlich?"

„Nett, etwas verschroben, aber nett."

Das war für mein Geständnis nicht hilfreich. Innerlich geriet ich ein wenig ins Kochen und spürte eine leise Wut gegen meine Mutter aufkommen, dass sie dir ein so belangloses Attribut wie „nett" anheftete und dazu noch „verschroben". Ich geriet in die Position, dich verteidigen zu müssen, jedenfalls hatte ich das starke Bedürfnis dazu.

„Nur nett? Was meinst du denn außerdem damit, sie sei verschroben?"

„Naja, ich weiß nicht, war nur so ein erster Eindruck. Vielleicht ist sie ja gar nicht verschroben. Du kennst sie ja viel besser."

„Ja, und sie ist bestimmt nicht verschroben, jedenfalls nicht mehr als ich."

„Also doch verschroben." Meine Mutter lachte. Dann kratzte sich am Kinn, was sie manchmal tat, wenn sie überlegte. „Es war vielleicht nur der Rahmen, in dem ich sie kennengelernt habe, der mir den Eindruck

27

vermittelt hat. Wenn ich sie mir beim Spaziergang durch die Stadt vorstelle und ohne diese Hornbrille und den Stiftrock und vor allem ohne diese Meter von Büchern überall um sie herum, dann wirkt sie schon weniger verschroben auf mich."

„Also", platzte ich dann heraus, da ich es nicht mehr aushielt, „ich liebe sie."

„Na, das ist doch schön, wenn du deine Ausbilderin gern hast. Während meiner kurzen Karriere als Bürokauffrau hatte ich nie das Glück, irgendetwas Positives an meinen Vorgesetzten zu finden.

„Nein, du verstehst nicht ganz, ich habe sie nicht bloß gern." Dann wiederholte ich, was ich zuvor schon ausgesprochen hatte und es fühlte sich besser an, als ich dachte, ja sogar richtig gut. „Ich liebe sie wirklich. Verstehst du?"

„Oh", war alles, was sie darauf antwortete.

„Ich habe nie einen Menschen so geliebt und ich liebe sie, seitdem ich sie zum ersten Mal gesehen habe."

„Und sie?", fragte meine Mutter. „Liebt sie dich auch?"

„Nein, das heißt, ich weiß es nicht."

Bevor ich weitersprechen konnte, fiel meine Mutter mir ins Wort.

„Ist das der Grund, weshalb du dort angefangen hast?"

„Ja und nein."

„Schon wieder ja und nein. Du warst schon immer ein widersprüchlicher Charakter."

„Ja, weil ich vom ersten Moment an den Drang hatte, in ihrer Nähe zu sein. Nein, weil ich sofort, als ich sie in ihrem ganzen wundervollen Wesen und in dem, was sie macht, erlebt habe, mich auch in ihren Beruf verliebt habe. Mit Büchern zu arbeiten und Menschen in ihrer Orientierungslosigkeit aus dem literarischen Dschungel hinaus zu helfen, das ist meine Leidenschaft geworden."

„Okay, verstehe. Und nun bist du unglücklich, weil du dich nicht traust, ihr deine Liebe zu gestehen?"

„Ja, und weil ich solche Angst davor habe, dass sie mich auslacht."

„Das ist doch Unsinn. Vielleicht wird sie dir sagen, dass sie dich nicht liebt, aber sie wird dich ganz bestimmt nicht auslachen. Wenn du jemanden so etwas Wunderschönes wie deine Liebe offenbarst, dann fühlt sich doch jeder zumindest geschmeichelt, selbst wenn die Liebe nicht gegenseitig ist. Und, vielleicht liebt sie dich ja auch und traut sich nicht, es dir oder sogar sich selbst einzugestehen. Immerhin ist sie deine Chefin und, wie ich schätze, einige Jahre älter."

„Du hast ja Recht, aber ich habe trotzdem Angst."

„Es wäre seltsam, wenn du die nicht hättest. Immerhin geht es um die Liebe und vielleicht um ein Leben, das ganz anders verlaufen könnte, je nachdem, wie die Antwort auf deine Frage ausfällt. Ich sage dir eins, auch aus meiner Lebenserfahrung heraus kann ich dir nur raten, schnell klare Verhältnisse zu schaffen. Frage sie."

„Deine Lebenserfahrung, die du aus zwanzig Jahren todunglücklicher Ehe gewonnen hast?"

„Ja, genau aus der. Ich hatte jemanden geliebt, als ich zur Berufsschule gegangen bin. Er war samtherzig, musisch und überhaupt ein ganz anderer Typ als dein Vater. Was habe ich getan? Nichts. Ich habe mich nie getraut, ihn zu fragen, obwohl es Gelegenheiten gegeben hätte. Ich war sogar ein paar Mal mit ihm aus, aber ich habe einfach jede Gelegenheit verstreichen lassen. Es gibt einfach nicht die eine große Gelegenheit, bei der sich alles richtig anfühlt. Du musst einfach irgendwann zwischendurch zu ihr hingehen und ihr sagen, dass du mit ihr über etwas sprechen möchtest."

Dann atmete sie lang und geräuschvoll aus, schüttelte sachte den Kopf und fing an zu lachen, als würde ihr erst jetzt bewusstwerden, was ich ihr gebeichtet hatte.

„Ich fasse es nicht. Du hast mir viele Rätsel aufgegeben in letzter Zeit, aber jetzt ist mir alles klar. Ich bin froh, dass du es mir erzählt hast. Ich freue mich auch für dich, dass du verliebt bist, auch wenn die Umstände, naja, etwas schwierig sind und dein Vater es nicht begreifen würde. Ich kann dir aber nur raten, warte nicht zu lange. Geh zu ihr hin. Du würdest es immer bereuen, wenn du jetzt nicht den Mut findest."

Ich wusste, dass meine Mutter Recht hatte damit.

*

Ich wanderte am selben Tag allein und tief in Gedanken durch Straßen und Passagen. Kein Gesicht, das ich kannte, keine Verlockung, der ich folgte. Hier war ich tausend Mal gewesen, mit Freunden, mit der Mutter, erfüllt von Gegenwart. Jetzt fühlte ich mich einsam und dachte an dich, Isabella. Schauplätze großer Geschichte, an denen meine Eltern bei den Montagsdemonstrationen mitgelaufen waren, waren nur leere Plätze. Nichts hatte einen Sinn, solange ich das Geheimnis meiner Liebe zu dir in mir trug und vor dir verbarg. Und was wäre, wenn ich es dir gestehen würde und du mich auch liebtest? Der Gedanke daran ließ ein Kribbeln durch mein Bauch fahren, ein Gefühl, in das sich neben Liebestaumel auch Angst mischte. Was würde die Zukunft bringen? Wäre ich bereit für die Konsequenzen, die aus meinem Geständnis erwachsen würden? Ich hatte noch keine Freundin gehabt, ich hatte mich nie in Liebesdingen ausprobieren können. Was, wenn ich deiner Liebe nicht gerecht werden könnte, wenn ich versagen würde, dort, wo du einen starken, erwachsenen Mann suchen würdest?

Ich wusste nicht wohin, bog ab zum Augustusplatz. Es müsste irgendwann ein Schmetterling entschlüpfen, so groß, so hell leuchtend im Licht: Unsere Liebe zueinander.

Es wurde bereits dunkel, als ich vor dem Neuen Rathaus stand, der Trutzburg, die mehr scheinen wollte, als sie war. Was war ich geworden? Immer habe ich Antworten auf solche Fragen gesucht, die nicht meine eigenen waren. Immer habe ich geglaubt zu wissen, wo die Richtung lag, in der ich mich am Ende selbst finden würde. Jetzt wusste ich es nicht mehr. Es gab für einige kurze Augenblicke nur unendlichen, leeren Raum, in den ich hinabstürzte. Ich hatte mich an Dingen festgehalten, die keinen Halt geben konnten und geriet darüber in Panik. Ich versuchte, mich zu besinnen und die Besessenheit von dir mit klarem Verstand zu sehen und zu hinterfragen. Ich wollte glauben, dass der Halt, den ich suchte, in mir war und nirgendwo anders. Ich müsste aufhören, so dachte ich, mich an Trugbildern festzuhalten. Das Gefühl vollumfänglichen Verlorenseins währte nur kurz, aber es hallte lange noch nach. Ich frage mich heute, ob diese erste Panikattacke meines Lebens ein Vorbote für all das war, was noch kommen würde.

Ich dachte wieder an dich und daran, dass es mir nach nichts so sehr verlangte, als danach, deine Hand zu greifen und gemeinsam zu stürzen. Das stetige Werden und Vergehen um uns herum würde jede Bedeutung verlieren, in den Momenten, in denen wir ohne Vergangenheit und Zukunft wären und es nur uns beide gäbe. So dachte ich damals, doch es gab eine Zukunft.

*

In der Woche darauf fehlte mir wieder einmal der Mut. Ich war in deiner Umlaufbahn gefangen wie ein Gesteinsbrocken, der um eine Sonne kreist. Es war aber eine zu ferne Umlaufbahn, in der mich nur etwas von deinem Licht, aber nichts von deiner Wärme erreichte. Unser Verhältnis war mehr ein Verhältnis im physikalischen Sinne, das Verhältnis zweier Schwungkörper, die nach kybernetischen Gesetzmäßigkeiten umeinander kreisten, ohne sich jemals zu berühren. Ich musste handeln, um dir näher zu kommen und lud dich ein, zu meiner Geburtstagsfeier zu kommen. Ich hatte zuvor sichergestellt, dass wir ungestört würden sein können, da meine Eltern am Wochenende eine Ausfahrt geplant hatten.

Am Montag, fünf Tage vor meinem Geburtstag, fragte ich dich. Ich zögerte nicht und ließ mir keine Zeit, in der mein Mut wieder hätte sinken können. Ich versuchte, meiner Stimme etwas Beiläufiges zu geben.

„Isabella, ich feiere am kommenden Samstag meinen Geburtstag und habe mir überlegt, dass es schön wäre, wenn du auch kommen könntest."

Die Formulierung war unnötig umständlich und drückte nichts von dem Gefühl aus, das ich mit deinem Kommen verbunden hätte. Du sagtest zu. Du lächeltest und ich bin mir sicher, dass deine Freude aufrichtig war, auch wenn ich kurz einen Schatten in deinem Gesicht sah, den ich nicht deuten konnte. Erschien es dir unpassend, das Private mit dem Beruflichen zu vermischen oder war es deshalb, weil ich dein Auszubildender und dazu viele Jahre jünger war?

Ich erwartete den Tag mit großer Spannung. Die Zeit bis dahin verlief äußerlich normal, ohne dass ein weiteres Wort über meinen Geburtstag gefallen wäre. Am Tag selber bereitete ich alles minutiös vor. Ich räumte alle Wäsche beiseite, die noch auf dem Boden lag. Dann ordnete ich Bücherstapel in die Regale ein, versteckte meine Bleistiftskizzen, die ich von dir aus dem Kopf heraus angefertigt hatte und kehrte meine Manuskriptseiten für ein Buch zusammen, an dem ich gerade schrieb und verbarg sie in der Schublade. Ja, damals dachte ich noch, Schriftsteller zu werden, sei ein hehres Ziel, da ich damit den vielen Geschichten meine eigenen hinzufügen konnte.

Ich stellte sogar eine Flasche Champagner kalt, die mich einen beträchtlichen Teil meines Lehrlingsgehalts gekostet hatte, polierte den silbernen Kandelaber, der mit zwei roten Kerzen versehen auf dem Tisch stehen sollte, und dekorierte den Tisch schlicht mit zwei Tellern und Besteck. Ich hatte mich dafür beim Tafelsilber bedient, das meine Eltern zum Einstand ihrer Ehe angeschafft hatten. Es sollte ein romantischer Abend werden, aber ich wollte nicht den Eindruck erwecken, ich sei ein verzweifelter Werther. Liebeseindeutigkeit ohne Plunder, nur das Gefühl in einer Ausdrucksform von puristischer Einfachheit und Klarheit. Du solltest verstehen, was ich dir sagen wollte und dich selbst zu erkennen geben können, ohne dass du erst mit unnötig großer Gewalt eine theatralische Fassade hättest einreißen müssen.

Das Hindernis, mir zu sagen, dass du etwas für mich empfindest oder dass du nichts für mich empfindest, sollte so klein wie möglich sein. Die Brutalität deiner Worte, wenn du nichts für mich empfändest, sollte nicht noch durch Schokoladenherzen, rosafarbene Flamingos und Elvis Presley über das sowieso schon unerträgliche Maß hinaus gesteigert werden. Würde ich dich überhaupt wieder sehen können, ohne Schmerzen zu haben, wenn du mir jetzt sagen würdest, dass du nichts für mich empfindest? Diese Frage beschäftigte mich den ganzen Tag lang.

Dann kam dein Anruf. Du klangst aufrichtig traurig, als du sagtest, dass du nicht kommen könntest, weil du einen solchen Anfall von Migräne hattest. Stimmte das oder steckte doch ein anderer Grund dahinter? Ich habe Dich nie gefragt. Ich solle doch schön feiern, sagtest du noch, es kämen doch sicher viele Gäste.

„Ja", sagte ich, „ich werde schön feiern. Schade, dass du nicht dabei sein kannst. Wir holen das nach, ja?"

Du räuspertest dich. „Ja, das machen wir."

*

Nachdem ich mich am Abend meines Geburtstags zwei Stunden im Bett von einer Seite zur anderen geworfen hatte, kam mir der wirre Gedanke, ich könnte meine Mutter wecken und mich bei ihr ausweinen. Dann fiel mir ein, dass sie gar nicht da war. Meine Eltern waren beide noch in der Heide, wo sie ihren Kurzurlaub verbrachten. Ich stellte mir die beiden vor, zankend am Tisch sitzend, die untergehende Sonne im Hintergrund, das Zimmer lichtdurchflutet, der Duft nach blühender Heide und nach Schafpelzen, mit denen die Schäferhütte in meiner Fantasie ausgelegt war. Der Kamin war aus, die Stimmung kühl, feindselig, so wie sie es immer war zwischen meinen Eltern. Dann schlief ich endlich ein und träumte einen wirren Traum, von dem ich dir nie erzählt habe.

Licht war darin überall, so hell, dass ich nichts sah. Erst als das Bild sich vor mir verkleinerte und in ein schwarzes Passepartout hineinschrumpfte, erkannte ich Konturen in dem Licht. Was es war, sah ich erst, als ich nur noch durch das Loch schaute, das nicht größer war als ein Schlüsselloch.

Verschwommen wie durch einen Tränenschleier, sah ich ein weiß gefliestes Badezimmer und hörte ein Summen wie von Bienen. Ich strengte meine Augen an, bis sie schmerzten, um erkennen zu können, was sich in dem Raum befand. Dann sah ich eine Frauengestalt, nur ihren Rücken und ihr hochgestecktes Haar. Ich schämte mich, sie nackt zu sehen und hatte gleichzeitig Angst, dabei ertappt zu werden, wie ich ein Verbot überschritt, das mit Verbannung von diesem Ort hätte bestraft werden können. Das Bild hielt mich gefangen und das Summen wurde so süß in meinen Ohren. Die Frau nahm einen Schwamm und fuhr damit über ihren Rücken.

Eine Hand legte sich auf meine Schulter. Ich konnte nicht von der Szene weichen, wollte nur noch einen Moment länger hinsehen, ignorieren, dass jemand hinter mir stand. Doch durch das Loch konnte ich nichts mehr erkennen. Es wurde alles unscharf. Ich hatte Angst, mich umzudrehen und doch tat ich es. Das Gesicht, das ich sah, zeigte keine Wut, eher die vage Andeutung von Amüsiertheit.

„Es ist absurd. Als Kind habe ich einmal vor einem Schlüsselloch gestanden und wurde dabei von meiner Mutter überrascht. Es war die kleine Mary, die bei uns den Haushalt machte. Ich sah nichts von ihr, weil sie hinter dem Duschvorhang stand, aber die Vorstellung..."

Ich unterbrach ihn oder vielleicht hatte er auch bereits geendet und wollte nur andeuten, was er sich vorgestellt hatte, ohne es weiter auszuführen.

„Wer sind Sie?"

Der andere lächelte mir zu.

„Samuel."

„Wer?"

„Samuel Beckett. Dich kenne ich. Du bist Marc, stehst hier vor einer verschlossenen Tür und blickst durch ein Schlüsselloch. Was siehst du dahinter? Ich kann es dir sagen. Dort ist nichts."

„Das stimmt nicht. Dort ist nicht nichts. Dort ist alles, was für mich eine Bedeutung hat."

„Nein, sieh noch einmal durch. Du wirst sehen oder vielmehr, du wirst nichts sehen."

Ich blickte erneut durch das Schlüsselloch und sah nur einen leeren Raum. „Sie haben Recht, aber vorhin..."

„Ja, vorhin... aber jetzt ist es vorbei. Sie ist weg. Die Tür war offen, du hättest nur klopfen brauchen, aber jetzt ist es zu spät."

*

An einem Tag im Frühsommer, der schon um fünf Minuten vor acht mit der Schwere einer schwülwarmen Luft auf der Stadt lastete, ging ich wie an jedem Werktag zu meinem Zufluchtsort vor der Welt, zu dem die Literaturhandlung für mich geworden war.

Bevor ich die Schwelle des Ladens überquerte, sog ich den Duft des Holunders ein, der mich mit tolstoischer Liebesschwermut füllte. Ich grüßte dich, während du vor einem Bücherregal standst und den Staub entferntest. Ich nahm die Verlagsvorschauen in die Hand und blätterte zuerst durch das Verlagsprogramm von Faber & Faber.

Du hattest mir zum ersten Mal erlaubt, selber Vorschläge zu machen, welche Bücher wir ins Regal stellten. Ich fühlte mich großartig, als ich die ersten selbst bestellten Bücher aus dem Versandkarton hob und so Entscheidungen getroffen hatte, wer einen Platz in der Ruhmeshalle der Literatur fand. Ich verstand meine Aufgabe mehr und mehr als das Hüten einer Wal-

halla der Literatur oder sogar der menschlichen Kultur insgesamt. Du bestärktest
mich darin. Die Literaturhandlung war
dein heiliger Ort.

Fünf Jahre zuvor, als du den Laden von
deinem verstorbenen Vater übernommen
hattest, gab es die ersten zaghaften Veränderungen, die aber kein Bruch mit der Vergangenheit waren. Die ersten Kriminalro-
mane und Thriller fanden ihren Platz in einem von der Straße nicht einsehbaren
Winkel des Ladens. Es durften aber nur
solche Bücher dort stehen, die dem Menschen mehr gaben als die Befriedigung der
Lust am Blutrünstigen. Georges Simenon
und Eric Ambler oder John le Carré standen dort.

Ich saß wie an so vielen Tagen an meinem Platz im hinteren Teil des Ladens und
zeichnete Bücher aus, überprüfte Be-
stände oder schrieb Rezensionen, die wir
an einer Wand neben der Kasse aufhäng-
ten. Immer öfter gelang es mir, Kunden das
Gefühl von Glück zu geben, das ein offenes
Ohr geben kann. Viele Tätigkeiten blieben
aber solche, die meinen Geist nur zur

Hälfte ausfüllten. Aber auch diese Zeiten mochte ich, denn dabei war die andere Hälfte meines Geistes ganz mit dir ausgefüllt. Ich unterbrach dann kurz meine Arbeit und nahm eine Momentaufnahme von dir an der Kasse, von dir mit dem Kopf im Schaufenster steckend oder von dir in nachdenklicher Pose einen Katalog durchblätternd in mich auf.

Deine ergreifende Schönheit, dein gelocktes Haar, deine hellgrauen Augen. So sehe ich dich vor mir. Dein wacher Geist und deine Ansichten, mit denen du manchmal wie aus der Zeit gefallen wirktest. Dein Wissen schien anfangs seine Grenzen außerhalb meines Ermessens zu haben. Du sprachst von Literaten, die das Feuilleton längst vergessen hatte. Mal sprachst du über C.G. Jung, dann über die Monadentheorie, dann wieder über das Saysche Theorem oder über die Trochäen und Daktylen des Catullus. Ich war eben, so sehr ich mich auch bemühte und las wie ein Wahnsinniger, noch ein dummer Schuljunge, sobald ich in deiner Gegen-

wart war und wurde beinahe ein Univer-
salgenie, sobald ich in den Kreis meiner
Freunde aus Schulzeiten trat. So fühlte ich
mich jedenfalls in meinem falschen Stolz,
den ich gegenüber „der Welt da draußen"
entwickelte.

*

Ich liebte dich mit jedem Tag mehr und ich liebte dich in allem, was du tatst. Ich liebte dich, wenn deine Hand nach Voltaires *Candide* griff und du dem Kunden von der besten aller Welten erzähltest. Ich liebte dich, wenn du mir über die Schulter schautest, um die Collage zu sehen, die ich für das Schaufenster vorbereitete und ich liebte dich, wenn du abends mit mir den Kassenbestand prüftest. Manchmal fühlte ich meinen Blick von dir erwidert und meinte in deinem Lächeln zu sehen, dass auch du mich liebtest. Hast du mich schon geliebt zu der Zeit?

Worte hätten uns Klarheit verschafft. Ich hätte dich fragen wollen: „Liebst Du mich?" Oder ich hätte dir sagen wollen: „Ich liebe Dich." Auch wich ich dem aus, weil ich Angst davor hatte, dass du lachen könntest. Vielleicht war der Moment noch nicht gekommen, dachte ich dann. Aber mir fiel wieder ein, was meine Mutter mir geraten hatte. Dieser Moment, auf den ich wartete, würde wahrscheinlich nie kommen. Immer würde mir meine Angst im Weg stehen und es würde mich vielleicht in dem einen Augenblick ein bisschen weniger Kraft kosten, sie zu überwinden als im nächsten, aber im Grunde war es einerlei.

Vielleicht vermutetest du, wenn du mich sahst, dass ich da draußen, außerhalb der Buchhandlung, ein Leben mit Freuden und Freunden führen würde. Womöglich dachtest du auch, ich hätte eine Freundin. In Wahrheit lebte ich mehr und mehr ein Leben zwischen Buchseiten, meinem Schreibpult, unergiebigen Gesprächen mit meiner Mutter und meiner Zuflucht, der Literaturhandlung, wo ich mit dir zusammen sein konnte.

Ich verbrachte nur noch wenig Zeit mit alten Freunden. Literatur und das obsessive Flechten am Gespinst in meinem Kopf wurden zu einem Ersatz für das Leben, das ich mit dir hätte führen wollen. Es absorbierte mich langsam, ohne dass ich merkte, wie sehr ich mich von einem Leben in sozialen Gefügen bereits entfernt hatte.

*

An einem Tag noch in derselben Woche ging ich den Philosophenweg hinab in Richtung Menkestraße und passierte gerade den Seitenflügel des kleinen Schlosses, als ich dich sah.

Du kamst vor mir aus einer seitlich abgehenden Gasse und liefst vor mir her, ohne mich bemerkt zu haben. Das Klacken deiner Absätze hallte von den Fassaden der Gründerzeithäuser wider. Du trugst ein Tuch über dem Kopf und ich sah in einem Moment, in dem dein Blick sich zur Seite richtete, dass du eine Sonnenbrille mit großen Gläsern aufhattest, die mehr als nur deine Augen verdeckte. Du gabst das Bild einer Trauergestalt ab, deren Schritte ein Entschwinden von einem Fleck zum nächsten waren. Es glich einem surrealen Traumbild. Ich hatte dich kaum erkannt, so sehr unterschieden sich deine Bewegungen und deine Haltung von dem, was ich aus der Literaturhandlung an dir kannte. Ich spürte, dass etwas dich ängstigte.

Später sah ich dich im Rosengarten auf einer Bank sitzen. Dieses Bild wollte mir nicht mehr aus dem Kopf. Es war das Bild einer noch jungen Frau, die blickte, ohne zu sehen. Du warst wie verwandelt, so als würde das Feuer in deinem Inneren lodern, wenn du die Buchhandlung betratst und als würde es schnell erkalten, sobald du dich in der realen Welt bewegtest. Hinter deinem Blick, den ich im Vorbeigehen auffing, war nichts von der Präsenz, die er in der Umgebung der Literaturhandlung hatte. Ich habe nie einen Menschen so unglücklich und völlig in sich gekehrt gesehen wie dich, in diesem Moment. Warum bewegten wir uns wie Schatten, wenn wir nicht in den Geschichten der anderen lebten? Wir waren blind geworden für das Eigentliche.

Dieser vogelzwitschernde Sommertag mit seinem Kinderlachen gab mir eine nach Holunder und Flieder duftende Schwermut, in die sich das Sehnen nach dir, nach realer Nähe und Erwiderung meiner Gefühle mischte.

Ich wohnte in mir wie in einem fahrenden Zug, der keinen Halt machte an den Stationen, an denen das Leben stattfindet.

Diese Worte von Pascal Mercier las ich noch am selben Abend und ahnte, dass sie mir gelten könnten. Als ich dann am Tag darauf am Regal stand, um Kant und Nietzsche einzuräumen, sah ich zu dir herüber und sah nur für einen Augenblick klar, dass ich in einem Zustand lebte, der monströs war in seiner Ferne von dem Licht da draußen, von dem Leben, das nicht nur aus Geist und Wissen bestand.

Ich dachte, es würde immer so weitergehen. Wir würden zusammen alt werden, nebeneinander und, wenn du mich auch liebtest, mit einem Unglück, das uns beide aushöhlen und nur Gespenster zurücklassen würde.

Du nahmst dich zurück und wurdest unzugänglich, wann immer ich dich nach etwas fragte, das dein eigenes Leben, deine privaten Interessen berührte. Ich kam dir nie so nahe, dass ich dir hätte sagen können, dass ich dich liebte. Du hast es nicht zugelassen. Du schütztest dich, so schien es mir, indem du nur für die Bücher lebtest und all deine Jugend verleugnetest.

Einmal sprach ich mit meiner Mutter darüber, die mich langsam auch nicht mehr verstand. „So geh doch endlich zu ihr und verschaffe dir Klarheit", sagte sie und damit hatte sie ja auch Recht.

Ich musste ausbrechen aus dieser Sprachlosigkeit, dieser Stummheit. Ich wollte mit dir fallen und wieder aufstehen, mit dir Dinge erleben und das wahr machen, wovon ich träumte. Die Buchhandlung, die uns verbunden hatte, mit dir zusammen verlassen, für Momente, die unser Leben bedeuten würden.

*

An einem Tag im Spätsommer war ich mit drei Freunden verabredet, die ich noch aus der Schulzeit kannte. Ich hatte den Kontakt zu ihnen kaum mehr gepflegt und spürte Bedauern, wenn ich daran dachte, was mir verloren gegangen war. Wir hatten ungezählte Stunden am See verbracht und uns dort über Mädchen unterhalten, von denen wir geträumt hatten. Einmal war ich mit meinen Freunden für eine Woche nach Prag gereist, wo wir die späten lauen Mittsommerabende so frei und unbeschwert erlebt hatten. Bier und die Freundschaft hatten uns von der Schwere des Seins befreit und hatten uns torkelnd und uns gegenseitig stützend durch die Gassen und über den Wenzelsplatz schweben lassen.

Ich konnte nicht mehr so fühlen und das spürte ich als einen wehmütigen Schmerz. Als ich meine Freunde an jenem Abend vor der Schenke *Ohne Bedenken* wiedersah, war ich beklommen. Das Gefühl war mir in ihrer Gegenwart vorher völlig fremd gewesen. Die einstige Leichtigkeit wollte sich nicht mehr einstellen. Die Schwermut Dostojewskis hatte zu sehr Besitz von mir ergriffen, nachdem ich mich den ganzen Tag lang in meiner Kammer mit seinen Dämonen geplagt hatte, ohne das Buch auch nur aus der Hand gelegt zu haben.

Die Freunde standen noch vor dem Eingang zur Schenke, als ich kam. Einer rauchte eine Zigarette. Von Philipp Stolze, der immer die größte Klappe von uns dreien gehabt hatte, wurde ich mit einem Schulterschlag begrüßt.

„Marc, wo ist dein Rollator?", fragte er. „Alt bist du geworden." Es war nur ein dummer Scherz, aber ich fühlte mich tatsächlich gealtert.

Timo Kant fragte mich mit Zigarette im Mundwinkel nach meinem Geburtstag und ob ich nicht gefeiert hätte.

Ich versuchte zu überspielen, dass ich meine lockere Art von früheren Tagen verloren hatte und lachte.

„Ich habe ein Mädchen. Mit ihr habe ich gefeiert, ganz intim." Ich sprach aufschneiderisch, weil mir keine bessere Ausflucht einfiel, weshalb ich nicht einmal daran gedacht hatte, meinen Geburtstag mit ihnen zu feiern, statt mich in der süßen Melancholie meiner unerwiderten Liebe zu suhlen und den Abend mit *Mein Name sei Gantenbein* von Max Frisch zu verbringen.

„Wie ist sie, dein Mädchen?", fragte Philipp. Das war ganz sein Thema. Als wir noch zur Schule gegangen waren, war er der Erste gewesen, der sich für Mädchen interessiert hatte.

Während ich redete, gingen wir durch den Schankraum in den Biergarten und setzten uns an einen Tisch in unserer Ecke, in der wir in den Jahren der Oberstufenzeit viele Abende verbracht hatten.

„Isabella ist großartig. Wir kennen uns noch nicht lange, haben aber schon so viele Gemeinsamkeiten entdeckt. Sie liest gerne, sie geht mit Freude ins Kino, ab und zu ins Theater und sie ist an so vielem interessiert. Sie liebt es zu reisen und Dinge über die Kulturen in anderen Ländern zu lernen. Wir wollen zusammen verreisen. Wir wollen zuerst nach Spanien." Ich hasste mich in diesem Augenblick dafür, dass ich meine Freunde belog, aber ich wollte nicht als der ewige Träumer gelten, der nach dem Abitur vollends abdriftete.

„Mann, Junge, das klingt toll. Ich wusste, dass du eine finden würdest. Sag mal, kennst du noch die Annika aus der Klasse über uns?", sagte Philipp. „Wir werden heiraten."

Ich schaute ihn verwundert an. Einsame Nächte waren bei ihm schon während unserer Schulzeit die Seltenheit gewesen, aber er hatte nie ein Mädchen gehabt, mit der er es länger als zwei Wochen ausgehalten hatte.

„Die Annika, ja ich erinnere mich schemenhaft. Das war doch immer eher eine Stille gewesen, oder? Ich wäre nicht darauf gekommen, dass du dich für sie interessiert hast."

„Habe ich auch damals nicht. Wir haben uns auf einer Geburtstagsfeier erst richtig kennengelernt und seitdem weiß ich, dass sie die Liebe meines Lebens ist. Ich habe es an dem Abend schon gewusst."

Ich gratulierte Philipp überschwänglich.

Am Nachbartisch wurde es laut. Es war eine Gruppe von Burschenschaftlern gekommen, die dort ihren Stammtischabend hatte. Sie trugen alle die traditionellen Burschenschaftler-Mützen und ihre Erscheinung wirkte auf mich wie ein Relikt aus den dreißiger Jahren. Etwa alle zwei Minuten brauste die Gruppe auf und schlug die Bierkelche aneinander, wobei jeder in einen nationalistisch gefärbten Trinkspruch einstimmte. Ich versuchte, sie auszublenden und fragte Gereon Schulte, den zweiten meiner früheren Freunde, nach seinen letzten cineastischen Erlebnissen.

Sofort veränderte sich der Ausdruck in seinem Gesicht und er zeigte eine weltferne, verklärte Erregung. Wenn er über Filme sprach, öffnete er für seine Zuhörer ein Füllhorn an Bildern und zeigte Gefühle, die man ihm sonst kaum zugetraut hätte. „Ich habe in einem Antiquariat eine sehr rare Ausgabe eines Films entdeckt, nach dem ich lange schon gesucht hatte. Es ist ein alter Streifen von Hitchcock, *Jamaica Inn.*"

Später an diesem Abend lachten wir viel, auch ich. So verging ein Abend, wie ich ihn schon lange nicht mehr erlebt hatte. Sobald ich aber meine Kammer wieder betrat, warst du wieder vor meinen Augen und ich setzte mich mit großer Besessenheit an den *Götz von Berlichingen,* womit ich unbewusst das Traumpendel zwischen Melancholie, die *eine* Frau nicht haben zu können und dem Verlorensein in der Literatur wieder anstieß.

Ich sah meine Freunde danach lange nicht mehr wieder. Die Scham, sie belogen zu haben, kehrte ich bald in eine Aggression gegen sie um und gab ihnen irgendwann die Schuld dafür. Bald bildete ich mir ein, sie hätten das Interesse an mir verloren, dabei war ich es, der sie ignorierte. Ich hatte tatsächlich Angst vor ihnen, weil ich menschenscheu geworden war. Kunden zu bedienen bereitete mir immer weniger Schwierigkeiten und doch fiel es mir von Woche zu Woche schwerer, außerhalb meines Berufs mit Menschen zu reden. Ausgenommen davon war natürlich meine Mutter, mit der ich mehr sprach als je zuvor. Dabei spürte ich nicht, wie sehr ich oft ihre negative Sicht auf alles völlig unreflektiert übernahm. Im Umgang mit Kunden fühlte ich mich wohl, da er es mit sich brachte, dass ich mich selbst völlig zurücknehmen konnte. Ich perfektionierte das Kundengespräch, indem ich zur Projektionsfläche wurde und gleichzeitig eine Menschlichkeit vorspielte, die ich nicht besaß. Es sollte eine Menschlichkeit sein, die das Bild komplettierte, das ich von mir als dem perfekten Buchhändler hatte. Ich bemerkte dabei nicht, dass es immer weniger ich selbst war, der dort im Laden stand und ich begriff auch nicht, dass ich nach und nach alles nur noch tat, um vor dir bestehen und von dir vielleicht sogar dafür geliebt zu werden, dass ich meine Arbeit so gut verrichtete. Was für eine Dummheit das doch war. Ich hätte dich zu dem Zeitpunkt schon besser kennen müssen.

*

Es war an einem Tag im August. Ich hatte soeben den letzten Kunden des Tages bedient und zu einem Roman von Don De-Lillo verholfen. Ich schickte mich an, die Ladentür zu verschließen, da wurde ich der besonderen Stimmung gewahr, die das Licht und die Stille im Laden schufen. Die Sonne stand schon tief und durchflutete den Raum mit Licht, das sogar zwischen den Regalreihen hindurch bis in die hinteren Ecken floss. Es waren täglich nur wenige Momente, in denen das Licht so stand. Nur an wenigen Tagen im August hatten diese Momente die Magie, die ich an diesem Tag empfand. In den Tagen davor waren sie zu früh eingetreten, sodass ich ihre Stimmung nicht einfangen konnte, weil immer noch Kundschaft im Laden war. Ein wenig später im Jahr verlor das Licht seine Intensität und noch später kam der Sonnenuntergang zu früh.

Es war ein magischer Moment, wie ein astronomisches Ereignis, für das die Maya ganze Gebäude entworfen hätten, in denen das Licht nur einmal in zehn Jahren einen bestimmten Punkt am Boden treffen würde. Schnell drehte ich den Schlüssel im Schloss und blieb dann mit dem Blick auf die Buchreihen stehen, die alle mit glänzendem Blattgold verziert schienen. Dich konnte ich nicht sehen. Du warst verborgen hinter einer Regalwand und schienst auch inne zu halten. Ich hörte dich keine Bücher mehr entnehmen, um darin zu blättern oder die Sortierung zu korrigieren. Stattdessen hörte ich ein leises Summen, das ich bald als Melodie wahrnahm. Es war ein Kirchenlied, das ich kannte, dessen Name mir aber nicht einfiel. Weder war ich, noch warst du gottesgläubig, und doch summtest du ein Lied, das ich zuletzt in einem Kindergottesdienst gehört hatte. Es klang in meinen Ohren wie der Flügelschlag von Engeln. Mich berührte tief, diese Regung in dir zu spüren. Auch wenn du in diesem Moment nicht an mich gedacht hattest und die Melodie der Stimmung des Augenblicks und ihrer Gedankenverlorenheit geschuldet war, hatte ich das Gefühl, einen intimen Moment mit dir erlebt zu haben. Als er vorüber war, ging ich so glücklich nach Hause wie schon lange nicht mehr.

*

Einige Tage vergingen. Am Sonntag verbrachte ich, wie so oft in jener Zeit, meine Stunden mit Lesen und dem Versuch, selber zu schreiben, der bislang immer in dem Frust geendet hatte, dass mir meine Geschichten so weltfremd erschienen waren und ich das Papier nach langer Marter zerriss. Selten hatte ich ein Fragment geschrieben, das mir gefiel und das ich dann meiner Mutter zu lesen gab, um Bestätigung heischend. Die Einsicht, wie unsinnig es ist, als Möchtegernliterat in der eigenen Mutter seine Kritikerin zu suchen, erschien mir nicht. Ihr Lob und ihre Beteuerungen, dass aus mir etwas Großes werden würde, gaben mir immer kurzzeitig Auftrieb, dabei wäre es meiner Entwicklung sehr viel mehr von Nutzen gewesen, wenn ein neutraler Leser mir das spätpubertäre Geschreibe um die Ohren gehauen hätte.

Am Abend jenes Tages, an dem ich Hemingway bis zum Exzess gelesen hatte, saß ich am Fenster und tagträumte. Mein leerer Blick wanderte über den Sims des Hausdaches hinüber zum Schloss auf der anderen Seite der Gasse. In meinen Tagträumen gelang es mir, die Stimmungen und Bilder heraufzubeschwören, die ich gerne auch auf Papier hätte konservieren wollen. Doch jeder Versuch, das zu erreichen, scheiterte kläglich an meiner Ungeduld und daran, dass ich meinte, in jedes Wort müsste ich die Schwere des ganzen menschlichen Daseins legen. So schwülstig lasen sich dann auch die Werksfragmente, die ich zu Papier brachte.

Im Tagtraum sah ich ihn vor mir wie eine Erscheinung im Grau des Himmels, den Altmeister der Erzählung. Hemingway, wie er an seinem Schreibtisch in Key West saß. Draußen zwitscherten in dem Bild, das ich heraufbeschwor, die Vögel. Ein Vorhang aus Tüll wogte leise im Wind und in der Luft lag der Duft von Scotch und Blüten. Ich sah exotische Blumen, die vor der Terrasse blühten. Hemingway legte seine Finger auf die Schreibmaschine und blieb regungslos. Die Welt kreiste um ihn und sein Genie versagte vor dem Rausch. Ein Chevrolet kam am Haus vorbeigefahren. In ihm saß James Dean als Symbolfigur einer Lost Generation. Hemingway blickte starr auf die Tasten und schrieb nichts. Die Pistole lag unter der Schreibmaschine in einem Schubfach. Auf der Terrasse stand ein weißer Tisch aus Gusseisen. Auf der Fläche des Tisches stand ein Glas. Es war gefüllt mit Zitronenlimonade. Ein Moment, in dem alles still stand. Hemingway entglitt seinem Leben und träumte, dass er in einem anderen wieder erwachte, bis auch das sein Ende fand und die Geschichten ihn nicht mehr am Leben hielten. Die Schreibmaschine führte zu einem Ort, der davon träumen ließ, dass die Sehnsucht endlich schweigt. Ich schloss meine Augen und sah Hemingway noch immer vor mir.

Habe ich Dir je erzählt von diesem Tagtraum?

*

Dann kam der Tag, der alles verändern sollte. Du standst vor einer Wand aus Büchern und wirktest so zerbrechlich. Wahrscheinlich, so dachte ich, waren es irgendwelche Geister der Vergangenheit, die dich plagten. Oder es war eine Trauer, vielleicht über einen Verlust. Dein Mund war halb geöffnet und dein Blick lag ruhig auf dem Rücken von Baruch de Spinozas *Abhandlung über die Verbesserung des Verstandes*. Dein Haar trugst du offen, was ungewöhnlich war. Du hattest einen schlichten Rock mit kleinen Karos an und darüber eine weiße Bluse, durch deren Stoff Konturen deiner Brüste sichtbar waren. Ja, ich höre dich lachen, „Männer...“

Mein Herz ging schnell und ich taumelte ein wenig, als ich hinter dich trat. Ich war dir so nah und doch bemerktest du mich zuerst gar nicht. Als ich durch ein Räuspern auf mich aufmerksam machte, drehtest du nur langsam deinen Kopf und hieltst den Mund weiterhin halb geöffnet. Es war ein Moment, in dem die Zeit stillzustehen schien. Ich spürte, dass der Augenblick gekommen war, in dem ich es dir sagen musste und auch konnte. In der Betriebsamkeit des Alltäglichen, in dem Gespinst aus Verrichtungen, die die Arbeit mit sich brachten, wäre es nicht möglich gewesen, aber jetzt war doch etwas anders. Wir waren kurz wie in einer anderen Sphäre, in der du nicht meine Ausbilderin warst und in der die Jahre zwischen uns keine Rolle mehr spielten. Dort warst du, ein Mensch, dessen wahres Ich in all seiner Verletzlichkeit, aber auch in seiner Stärke durch die äußere Hülle hindurchschien. Hier war ich, ein Mann, der seine Komplexe für Augenblicke ganz vergessen hatte und das aussprach, dessen er sich als einziges in seinem Leben sicher war: „Ich liebe dich."

Ich hatte es leise gesagt, nicht mit der Festigkeit und Bestimmtheit in der Stimme, die ich mir gewünscht hätte, aber du hattest es gehört. Der Moment war vorüber und ich war mir nicht sicher, ob ich mich noch in meinem alten Leben befand oder ob dieser Augenblick eine Trennlinie geschaffen hatte zwischen dem, was war und etwas Neuem, das gerade begann. Als dir eine Träne über die Wange lief und du mehr hauchtest als sagtest, dass du mich auch liebst, wusste ich, dass etwas Neues begonnen hatte.

*

Die Tage darauf verliefen äußerlich erstaunlich gewöhnlich. In der Buchhandlung gab es viel zu tun, da die Buchmesse kurz bevorstand und einige Lesungen zu organisieren waren. Am Tag nach unserem gegenseitigen Liebeseingeständnis wachte ich morgens mit dem unguten Gefühl auf, alles könnte nur ein Traum gewesen sein. Als ich dann aber die Buchhandlung betrat und du mich mit einem zaghaften Kuss auf die Wange empfingst, wusste ich, dass ich nicht geträumt hatte. Ich hatte zuvor geglaubt, dass mein Geständnis einen Dammbruch zur Folge haben und ich dich vor Leidenschaft an mich reißen und von oben bis unten küssen würde, sobald ich mir auch deiner Liebe zu mir sicher wäre. Ich hatte mir vorgestellt, meine sexuellen Fantasien, in denen du und ich uns hemmungslos und ausgelassen vereinten, würde ausleben können. In der Realität aber war ich gehemmt und spürte eine Scham, dass ich dir kaum in die Augen blicken konnte. Es war so, als hätte es all meine Kraft, all meinen Mut gekostet, dir gegenüber mein Geständnis zu hauchen, sodass ich nun Zeit bräuchte, um wieder zu Kräften zu kommen. So vergingen einige Tage und ich fragte mich, ob es an mir war, die Initiative zu ergreifen und dich zum Essen einzuladen. Gleichzeitig hatte ich Angst davor. Glücklicherweise, auch wenn es sich in dem Moment, in dem es geschah, nicht wie ein Glück anfühlte, nahmst du mir alsbald die Aufgabe ab, den nächsten Schritt zu gehen. Die Art, wie du das tatst, war allerdings ungewöhnlich und ich frage mich, ob auch du Angst hattest und dich deshalb tagelang, abgesehen von dem zaghaften Kuss, so verhalten hattest, als wäre nichts geschehen. Ich hatte damals dein Verhalten als eine Unsicherheit ob deines Geständnisses gedeutet, vermute aber heute, dass du genauso wie ich nicht wusstest, wie du mit der Lage umgehen solltest. Ich hatte dich vom ersten Tag an für so reif und erwachsen gehalten, mir in vieler Hinsicht überlegen. Dass du in Liebesdingen genauso unerfahren sein könntest wie ich, hatte ich nicht vermutet.

Als meine Mutter mich an einem Samstag etwa zwei Wochen nach unserem Geständnis rief und meinte, da sei meine Chefin für mich vor der Tür, erstarrte ich und konnte mich vor Aufregung nicht mehr rühren. Du kamst die Treppe hoch und ich kämpfte eine aufkommende Panik nieder.

Du zögertest einen Moment, die Schwelle zu meinem Zimmer zu übertreten, als würdest du damit etwas tun, das dein Leben veränderte und nicht mehr rückgängig zu machen wäre. Ich spürte, wie mein Herzschlag an der Schläfe pochte. Dich an diesem Ort zu sehen, in meiner Kammer, gab mir das Gefühl einer Preisgabe meiner selbst. Hier waren meine Ordnung und Unordnung, die das tägliche Leben schufen. Ich hatte nicht aufgeräumt. Der Ort zeigte dir mehr, wie ich war, als Worte es vermocht hätten. Auf dem Schreibpult lagen lose Blätter, die ich mit den Anfängen eines Romanentwurfs überzogen hatte. Auf dem Boden stapelten sich Bücher, die an den Wänden keinen Platz mehr gefunden hatten. Mein Bett war noch zerwühlt und am Bettende lag Wäsche. Mein teils lethargischer, teils manischer Zustand während der letzten Tage spiegelte sich in diesem Raum wider. In den manischen Phasen hatte ich wie besessen an meinem Schreibpult Skizzen angefertigt, die an der Wand neben meinem Bett hingen. Eine dieser Bleistiftskizzen zeigte dich, wie du am Bücherregal standst und einen Arm austrecktest, um an einen Folianten in der obersten Regalreihe zu gelangen. Andere Skizzen zeigten dich vor deiner Buchhandlung oder waren Großaufnahmen deines Gesichts, mit lachenden, traurigen oder verzweifelten Zügen. Du betrachtetest die Skizzen und dabei rann eine Träne über deine Wange, während du gleichzeitig lächeltest. Während du dort standst, spürte ich kurz einen Schwindel und fühlte mich der Realität entrückt, so als müsste ich gleich aufwachen und wäre wieder allein in meiner Kammer. Die Umrisse der Gegenstände wurden für einen Augenblick unscharf und ich hörte deine Stimme, als würde sie durch eine geschlossene Tür an mein Ohr dringen.

Ich zog die Decke auf meinem Bett glatt und wies dich an, dich zu setzen. „Eine andere Sitzmöglichkeit gibt es hier nicht, außer du ziehst den Hocker vor, der an meinem Schreibpult steht, als wäre das Schreiben nicht schon Marter genug", sagte ich.

„Danke, das ist perfekt", entgegnetest du und setztest dich. „So lebst du also und ich habe nie danach gefragt, was du eigentlich tust, wenn du nicht arbeitest", sagtest du. Ich setzte mich neben dich.

Zaghaft ergriffst du meine Hand.

„Bleibst du dabei, dass du mich liebst?", fragte ich und fühlte mich dumm dabei.

„Ja", war deine schlichte Antwort.

Dann ergab sich der Rest. Es war nicht der Dammbruch, den ich in Fantasien wieder und wieder erlebt hatte, sondern mehr ein zögerliches Vorantasten, ein Auskosten unserer Empfindungen, der kleinen gefühlsmäßigen Sensationen, die wir oft antizipiert, aber so noch nie real gespürt hatten. Wir fielen nicht übereinander her und im eigentlichen Sinne schliefen wir auch nicht miteinander, sondern küssten uns lange und berührten uns an Armen, fuhren mit den Fingern an den Rippen entlang und liebkosten die Innenseiten der Schenkel. Dabei blieb es bei unserem ersten gemeinsamen Ausprobieren unserer Sexualität. Wir Spätberufene waren so beseelt voneinander und es war für mich das größte Glück, dir so nahe sein zu dürfen, dass ich nicht nach mehr verlangte. Vielleicht war es auch so, dass wir beide uns noch nicht zu weit vorwagen wollten und uns noch etwas für die nächsten Male aufheben wollten.

Als wir später wieder nebeneinander auf dem Sofa saßen und nur noch unsere Hände sich berührten, fühlte ich mich deiner Liebe so sicher, dass ich dir eine Frage stellen konnte. „Ich möchte dich nicht bedrängen", fragte ich, „aber warum hast du mich nicht eher gefragt, ob ich dich liebe? Du hast die Geschichten von Kunden gesammelt, als wären es Trophäen und mich hast du nie danach gefragt, was ich so mache oder wie ich eigentlich bin, wenn ich nicht im Laden stehe."

Du senktest deinen Blick, als du mir antwortetest. „Du hast Recht. Ich habe die Geschichten der Kunden gesammelt, aber dich habe ich nie gefragt. Wir haben nur über Bücher gesprochen. Ich weiß es nicht. Vielleicht war ich feige. Vielleicht ahnte ich, dass etwas mit mir, mit uns geschehen würde, wenn ich mehr über dein Leben erfahren würde."

„Aber was wäre daran schlimm gewesen?"

Du suchtest nach Worten. Zum ersten Mal sah ich dich nach Worten suchen. Diese Klaviatur der Gefühle war dir offensichtlich unvertraut.

„Ich wollte nicht, dass du siehst, wie feige ich eigentlich bin. Ich wollte nicht, dass du den Respekt vor deiner Ausbilderin verlierst. Aber ich wusste schon, als du zum ersten Mal in meinen Laden kamst, dass du kein gewöhnlicher Kunde bist. Ich glaube, ich habe früh gemerkt, dass du mich lieben wirst und ich keinen Grund finden würde, dich nicht auch zu lieben."

Du stocktest, bevor fortfuhrst. „Diese Worte, sie sind so blechern. Sie sind das, wovor ich mich gefürchtet habe. Worte, die etwas Großes ausdrücken sollen, es aber nicht können, weil sie eigentlich nur dafür geschaffen sind, Nichtigkeiten zu tragen. Ich habe gespürt, dass du ein besonderer Mensch bist. Ich hatte Angst, dass du vor mir erschrickst, wenn du mich ohne die Hüllen siehst, in die mein Intellekt mich kleidet. Ich hatte Angst davor, dass es so blechern klingen würde wie das, was ich dir jetzt sage. Ich liebe dich. Ich habe Dich bereits geliebt, kurz nachdem du unbeholfen zum ersten Mal in meinen Laden getreten bist. Ich habe mir meine Liebe verboten, weil ich nicht geglaubt habe, dass ich dir das würde geben können, wonach du wirklich suchst." Sie verstummte.

„Isabella, du bist genau die, die ich finden wollte."

„Du bist so jung, ich bin bereits eine einsame alternde Jungfer."

Ich las in deinem Gesicht, dass du Angst hattest.

„Ich habe dich nie so gesehen. Du bist keine alternde Jungfer und der Altersunterschied spielt keine Rolle. Alles, was

mein Herz an dir sieht, ist reine Schönheit.
Außerdem, deine Worte klingen in meinen
Ohren nicht blechern. Sie bedeuten mir
mehr, als alles, was du je über Spinoza
oder über Lessing gesagt hast. Es sind
Worte, die du mir gewidmet hast und du
könntest mich nicht glücklicher sehen als
in diesem Augenblick, der so schön ist,
dass ich ihm zu verweilen geheißen würde,
wenn die Zeit mir zu Diensten wäre. Doch
ich brauche keinen mephistolischen Bund
und möchte nur eines, mit dir zusammen
sein."

*

Der erste Sommer

Meteorologisch ging der Sommer bereits zur Neige, bevor er für mich erst richtig begann. Der September war angebrochen und mein zweites und letztes Lehrjahr sollte bald enden. Du hattest mir angeboten, mich zu übernehmen und ich wusste nicht, ob du es nur tatst, weil wir zusammen waren oder ob es auch das Beste für die Buchhandlung wäre. Es war mir gelungen, einige Stammkunden aufzubauen, die meinetwegen kamen und ich hatte auch eine ganze Reihe von Veranstaltungen geplant und durchgeführt, was dir alleine nicht möglich gewesen wäre. Mir war aber klar, dass der Laden auch nur mit dir alleine und vielleicht einem neuen Auszubildenden hätte fortbestehen können und ich zweifelte daran, dass ich dem Laden wirklich so viel mehr einbrachte, als ich ihn kosten würde. Als ich dich darauf ansprach, sagtest du nur, ich sei zu einem der beiden Gesichter des Ladens geworden und ohne mich würde ihm etwas ganz Substanzielles fehlen. Ich wollte dir glauben und legte mich danach noch mehr ins Zeug, um dir Recht zu geben.

Als der Sommer dann vorüber war, ich meine Abschlussprüfung gerade bestanden hatte und meinen Arbeitsvertrag für die Weiterbeschäftigung nach der Ausbildung unterzeichnen sollte, geschah etwas völlig unerwartetes. Du bestelltest mich zu dir und vor dir lag eine neutral-weiße Mappe, in der ich den Arbeitsvertrag vermutete. Ich war ein wenig nervös, da mit meiner Unterschrift unter einen unbefristeten Vertrag die Entscheidungen, die ich in den letzten Jahren getroffen hatte, auch symbolhaft zementiert würden. Als ich dann den Umschlag öffnete und den kleinen Stoß Papiere darin hervorholte, sah ich, dass es Reiseunterlagen waren. Du lachtest, als du mein verblüfftes Gesicht sahst.

„Ich finde, es ist an der Zeit, dass wir hier mal rauskommen. Was meinst du?"

Ich geriet ins Stottern, als ich dir antwortete. „Ich..., aber wie..., ich meine, ja, das wäre wunderschön. Aber was ist mit dem Laden?"

„Meine Rücklagen reichen dafür. Mache dir darüber mal keine Gedanken. Ich

möchte dich besser kennenlernen und außerdem wäre das doch ein schöner Start
deiner Karriere als Buchhändler? Es ist
außerdem nur eine Woche, in einer Zeit, in
der sowieso eher Flaute ist im Laden. Ein
Urlaub mit der Chefin öffnet Türen. Vielleicht wirst du danach noch befördert zum
Chef-Schaufenstergestalter oder darfst
über die Ordnung im Lager wachen."

Ich war so glücklich, als ich an diesem
Tag nach Hause ging. Wie ein dummer
Schuljunge, der in der Schule eine gute
Note bekommen hatte, lief ich zu meiner
Mutter und hielt ihr zuerst den Vertrag unter die Nase, den ich an dem Tag auch
noch habe unterschreiben dürfen, und
dann die Kopie des Flugtickets, das du mir
geschenkt hast. Meine Mutter freute sich
mit mir, zumindest gab sie das vor. Ich
glaube, sie hatte auch Angst, dass ich mich
zu sehr an dich hängen würde und unglücklich werden könnte. Ich glaube, sie
befürchtete sogar, dass du nur deine
Spiele mit mir triebst. Sie hat später einmal so etwas angedeutet. Offen gezeigt hat
sie mir das an dem Tag nicht, da es selten

vorkam, dass sie mich so glücklich sah und sie das Glück nicht trüben wollte.

*

Ich spürte das Gewicht deines Kopfes an meiner Schulter. Du schliefst mit halb geöffnetem Mund und säuseltest unverständlich im Schlaf. Das Geräusch mischte sich in das gleichmäßige Rauschen aus Flugzeugmotoren und Luftströmung. Mein Arm begann zu kribbeln, aber ich rührte mich nicht, weil ich dich nicht wecken wollte. Erst als das Flugzeug unsanft auf dem Rollfeld landete, schrecktest du auf und schautest einen Augenblick desorientiert zu mir herüber, bevor dir bewusst wurde, wo du dich befandst.

Ich strich dir durch das Haar und du lächeltest.

„Du hast beinahe zwei Stunden geschlafen. Es gab schwere Turbulenzen über den Alpen, aber du sahst so friedlich aus. Das hat mir alle meine Ängste genommen", sagte ich.

„Wovor hattest du denn Angst?"

Ich überlegte. Heute weiß ich, dass ich schon damals in manchen Momenten den Schatten spürte, der später alles in meinem Leben einhüllen sollte.

Dass ich auch damals schon dieses Gefühl der gegenstandslosen Angst kannte, das später alles Positive in meinem Leben überlagern würde, zeigt mir ein Ausspruch, der mir im Flugzeug über die Lippen kam. „Es ist, glaube ich, gar nicht mal die Angst davor, dass wirklich etwas passiert. Es ist mehr die Angst vor der Angst an sich." Das sagte ich, ohne zu ahnen, wie sehr ebendiese Angst vor der Angst in meinem Leben später an Gewicht gewinnen würde.

Du lachtest.

„Ich weiß, das klingt seltsam, aber ich habe an Orten, die ich nicht verlassen kann, immer kein gutes Gefühl. Diesmal habe ich mich aber ganz leicht gefühlt, als könnte nichts mir etwas anhaben", sagte ich.

Am Ausgang des Flugzeugs liefen wir in eine Wand aus heißer Luft. Die Hitze war uns egal. Es war unsere erste gemeinsame Reise und wir waren so verliebt ineinander. Die Sonne war nur ein Gestirn, das um uns kreiste, so wie alles andere, das an diesen Tagen nur für uns existierte.

Andalusiens Schätze warteten darauf, von uns gehoben zu werden. Da waren das Kulturerbe aus Jahrhunderten der kriegerischen Auseinandersetzungen zwischen Orient und Okzident und die Blüte einer islamischen Kultur, die uns solch atemberaubende Schönheit wie die Alhambra hinterlassen hat. Das vermischte sich mit iberischen Traditionen aus Stierkampf und Flamenco in Bildern, die wir mitbrachten und die wir mit der Wirklichkeit vergleichen wollten.

Zuerst holten wir uns einen Mietwagen ab, den ich schon vor der Reise reserviert hatte. Wir fuhren nach Málaga und waren in der freudigen Erwartung, die schon immer zu jedem neuen Beginnen, zu jeder neuen Reise in ein Unbekanntes Menschen vorangetrieben hatte. Im Leihwagen gewöhnte ich mich schnell an das südländische Temperament, das allen Lebensbereichen und somit auch dem Straßenverkehr eine ungewohnte Dynamik verlieh.

Wir strebten der höchsten Erhebung zu, um das eroberte Land überblicken zu können. Von der Alcazaba aus schauten wir hinab. Die weitläufige Festungsanlage war im 11. Jahrhundert von den maurischen Herren von Granada dort errichtet worden. Das Licht der Sonne wurde gebrochen von der Meeresoberfläche. Wir spürten die Glut der Sonne, so wie wir sie noch nie erlebt hatten.

Du blicktest dich um und zeigtest auf etwas. „Sieh nur, wie der Vater sein Kind herumwirbelt", sagtest du.

Das Kind lachte immer dann, wenn der Vater es anhob. Es schrie, verlangte nach mehr, wenn er es absetzte. Eine Frage, die ich aber nicht laut äußerte, kam mir in den Sinn. Würden wir selber auch Kinder haben wollen, später einmal? Ich hatte mir nie Gedanken darüber gemacht. Eigene Kinder hatten in meiner Lebensplanung, sofern von Planung überhaupt die Rede sein kann, nie eine Rolle gespielt. Ich spürte auch, dass etwas in mir gegen diesen Gedanken revoltierte. Noch, so dachte ich, wäre die Zeit dafür nicht reif, noch wäre ich nicht reif dafür. Dann verwarf ich den Gedanken wieder und sah nur das Glück der anderen. Ich sah es und nahm es so wahr, als würde es sich an mein eigenes Glück noch anfügen. Das Glück der anderen hatte mich vorher nie berührt. Wenn überhaupt, dann war es mir lästig gewesen.

Wir schlenderten weiter und brauchten dabei nicht viel zu sprechen. Wir waren zusammen, das genügte.

Der Abend nahte bald und die Nacht kündigte ihr Kommen bereits in den Schatten an, die in den Straßen immer länger wurden. Unter uns lag, inmitten hoher Wohnkomplexe, eine Stierkampfarena. Ich stellte mir einen verwundeten Torero vor und die Dramatik eines Kampfes um Leben und Tod. Der Gedanke an den Tod verblasste aber in der Milde des Abends schnell und doch blieb mir ein Moment der Schwermut. Dort war die Kathedrale von Málaga, ein weiteres Symbol für Leben und Tod.

Entlang an von Zinnen bewährten Mauern stiegen wir hinab, dorthin, wo das Leben täglich aufs Neue gefeiert wird und der Tod an seinen Platz verwiesen wird. Wir schlenderten durch die Kathedrale und neigten die Köpfe zu dem steinernen Himmel über uns. Du standst unter dem künstlichen Firmament und recktest den Kopf empor. Dann fingst du an zu lächeln und drehtest dich im Kreis. Ich liebte dich in diesem Moment auf eine Weise, wie ich es zuvor nicht gekannt habe. Es war keine solche Liebe mehr, die bloß etwas Fernes herbeisehnte, sondern eine Liebe, die ihre Erfüllung fand.

Später ließen wir uns treiben und fanden Einkehr in einer Bar mit Blick auf einen palmenumstandenen Platz. Wir tranken Wein und blickten uns in die Augen. Auf der anderen Seite des Platzes begann ein Trio von Musikanten alte Lieder zu spielen und der süßlich säuselnde Gesang mischte sich in den Klangteppich aus heiteren Gesprächen unserer Tischnachbarn, dem Plätschern eines Brunnens und dem Rauschen einer leichten Brise in den Palmwipfeln. Es duftete nach Meer, Hibiskus und mediterraner Küche. Über allem stand der Vollmond am wolkenlosen Himmel.

Ich war vor der Einkehr in einer Hochstimmung gewesen, die aber mittlerweile einer seltsamen Melancholie gewichen war, die mir unpassend erschien. Es war doch alles perfekt, oder nicht? Es war so romantisch wie es nur werden konnte, zwischen Himmel und Erde und doch fühlte ich mich nicht gut. Ich erinnerte mich, dass ich auch in der Vergangenheit in Situationen, in denen andere ausgelassen und sich im Glück ihres Daseins suhlend dem Augenblick hingaben und das Leben feierten, einen eigenartigen Reflex entwickelte, der mich immer dann ins Fahrwasser der Depression zog, wenn ich es am wenigsten erwartete.

„Jetzt wäre der Moment gekommen, in dem du meine Hand ergreifen, mich küssen und mir zuflüstern solltest, wie sehr du mich liebst", sagtest du augenzwinkernd. Das Nachdenken darüber, weshalb ich nicht so glücklich war, wie ich es in diesem schier perfekten Moment hätte sein müssen, hatte mich in eine der Situation unangemessene Lethargie verfallen lassen. Ich streckte meine Hand aus und ergriff deine Hand, aber es fühlte sich an, als würde ich diese Bewegung rein mechanisch vollziehen, ohne inneren Antrieb. Dann geschahen einige überraschende Dinge, die den Moment retteten. Ein Pudel kam aus einer Gasse um die Ecke gelaufen, hockte sich direkt neben unseren Tisch und kackte. Dann kam aus einer anderen Richtung ein Betrunkener und fiel laut fluchend in den Springbrunnen. Er schrie auf Deutsch: „Ficken, verdammte Fickscheiße nochmal!" Die dritte Begebenheit war die, dass auf der anderen Seite des Platzes ein Herr aufsprang und einem der Musikanten aus dem Trio einen Faustschlag ins Gesicht verpasste und dabei schrie, er habe bemerkt, wie der Sänger ihn bestehlen wollte. All das geschah innerhalb von etwa zwanzig Sekunden und wir sahen uns mit ungläubigem Staunen an, bevor wir beide derart laut losprusteten, dass alle um uns herum verstummten. Danach war ich seltsamerweise wieder in Hochstimmung. Die unerwarteten Brüche, die in der Anmutung des scheinbar perfekten Augenblicks entstanden waren, rückten für mich alles wieder ins rechte

Lot. Mir scheint, dass gegen überbordende Romantik mit ihrer melancholischen Schwere das Absurde und der Humor die besten Heilmittel sind. Als ich dann wieder meine Hand nach deiner ausstreckte, war das Gefühl wieder da.

Nach dem Essen gingen wir weintrunken, leicht torkelnd, durch die Gassen und ich fühlte mich tatsächlich unbeschwert und einfach glücklich.

*

Die Nacht verbrachten wir noch in einem etwas in die Jahre gekommenen Hotel in Málaga. Die kaputten Teppichböden störten uns nicht. Vor dem Einschlafen lachten wir nochmal lauthals über den kackenden Pudel, das Geschrei des Besoffenen und den Musikanten, der, wie sich später herausstellte, völlig zu Unrecht Prügel bezogen hatte. Das Meeresrauschen drang zu uns ins Zimmer und half uns, als wir uns beruhigt hatten, in den Schlaf.

Am nächsten Tag fuhren wir entlang der Costa del Sol Richtung Osten und sahen bald die hoch aufragenden Berge der Sierra Nevada. Das gleißende Licht, noch verstärkt durch die weiß getünchten Häuser der Küstenorte, schwand, als wir ins Landesinnere fuhren. Die Straße mäanderte in Serpentinen zu einem Pass hinauf. Ein Regenguss nahm uns die Sicht. Am Scheitel des Passes aber riss die Wolkendecke auf und gab die Sicht über weites, flaches Land frei.

Die Alhambra, ein Wort, das in mir bereits als Kind eine Sehnsucht nach einer verklärt orientalischen Ferne erzeugt hatte. Wir durchschritten die Puerta del Vino und sahen die Zypressenreihen, dahinter die roten Wehrtürme und Mauern, die Paläste und in ihrer Mitte den Palast der Paläste, den Nasridenpalast. Dort waren die Privatgemächer der arabischen Herrscher gewesen.

An den Wänden waren vom Boden bis zur Decke Verse aus Dichtungen des 14. Jahrhunderts in den Stein gearbeitet. Wir setzten uns auf einen Mauervorsprung und hielten inne, um die Seele des Ortes einzufangen. Wir waren auf der Suche nach neuen Empfindungen und fanden Vertrautes im Fremden, das uns trotz der Ferne für einen Moment lang ein Gefühl von innerer Heimat geben konnte.

Der Ort entrückte uns von unserem Leben in der heutigen Zeit. Wir waren umfangen vom Brodem der Geschichte von tausend Jahren. Du hattest deine Augen geschlossen und ich tat es dir gleich. Ich lauschte in die Stille, von der sich das leise Säuseln abhob, das die Blätter im Innenhof des Palastes erzeugten. In meiner Vorstellung waren es die Stimmen der Mächtigen aus vergangenen Jahrhunderten, die in langen Gewändern durch die Flure liefen. Der Nachhall ihrer Schritte tönte in meinem Kopf. Wir kamen bald an den Löwenbrunnen und du hieltst eine Hand in den Vorhang aus Wasser, der von dem marmornen Becken beständig hinabglitt.

Später am Abend besichtigten wir die Kathedrale von Granada und liefen durch verschlungene Gassen im Albaicín, dem früheren maurischen Wohnviertel. Dann kehrten wir in ein Hotel ein, das sich in einer kleinen Seitenstraße in der Altstadt befand. An der Bar des Hotels bestellte ich einen Daiquiri.

Neben uns saßen ein Mann und eine Frau, die sich Englisch unterhielten und nach ihrem Äußeren aus jeder europäischen Großstadt hätten kommen können. Sie waren beide noch jung, etwa in unserem Alter, und vermutlich ein Paar. Sie sprach, mit seltenen kurzen Atempausen, ein klares Oxford-Englisch. Ihre Stand-

punkte ließ sie in ausladenden Armbewe-
gungen ausfließen. Ich achtete auf ihre
Hände und versuchte zu verstehen, was sie
sagte. Sie schien um des Redens willen zu
reden und spannte einen Bogen von aris-
totelischer Dramentheorie über den Stone
of Destiny hin zu Speckröllchen und min-
derwertig verarbeiteten Nähten an chinesi-
schen Maßanzügen.

Die einseitige Unterhaltung des jungen
Paares neben uns war in einer Weise
raumgreifend, dass wir nur schwiegen, zu-
hörten und uns anlächelten. Auch dieser
Moment war so herrlich imperfekt in seiner
absurden Komik und ich genoss es, in dir
jemanden zu haben, der das verstand.

*

Obwohl der Tag und der Abend mit dir uneingeschränkt schön gewesen waren, fand ich in jener Nacht keine Ruhe und sank in einen unruhigen Schlaf. Es kochen in Zeiten, in denen man es nicht erwartet, plötzlich Urängste hoch, die sonst im Unterbewusstsein still vor sich hin brodeln. Während jener Zeit geschah es nur im Traum und war nur von kurzer Dauer. Ich konnte noch nicht ahnen, dass ein paar Jahre später die elastische Trennwand, die mich sonst am Tag davor bewahrte, in diese dunkelsten Winkel des Unterbewussten blicken zu müssen, jäh riss.

Im Traum in jener Nacht war ich im Badezimmer des Hauses meiner Eltern. Der Raum war an allen Wänden und am Boden blau gekachelt. Er glich mehr einem türkischen Dampfbad als dem Badezimmer, das ich kannte. Ich saß an der Tür. Überall in mir war ein leiser Schmerz, der aus den Knochen kam. Es war ein Schmerz, als würde jemand in einem Nachbarzimmer eine traurige Melodie auf einer Säge spielen. Ich stand auf und ging zu dir. Du standst reglos und ließest mich in dein

Haar greifen. Das Haar war so schwarz, schwärzer als sonst. In deinen Augen lag eine Mattigkeit. Wir sahen uns beide im Spiegel nebeneinander stehen. Ich schloss die Augen und spürte deinen Blick noch immer auf mir. Ich öffnete meine Augen und drehte meinen Kopf zu dir. Draußen erklang der Schrei einer Möwe. Du sankst zu Boden und weintest leise. Ich sank zu dir herab und legte meine Hand auf deinen Nacken. Du weintest noch immer und ich spürte, wie du fortglittest. Ohne eines deiner Glieder zu bewegen, glittest du über den Boden und wurdest zu einem Haufen aus Haaren, einem Gewölle, das ich in meiner Kehle spürte. Ich würgte und würgte noch, als ich erwachte. Isabella, war das ein Vorbote dessen, was uns bevorstand? Dieser Traum lässt noch heute einen Schauder in mich fahren, wenn ich an ihn denke.

Du lagst neben mir und schliefst noch. Alles war ruhig und friedlich. Die Sonne schien bereits durch das Fenster und warf helles Licht auf das Bett. Es war durchbrochen von dem Schatten der Palmen, die vor dem Fenster standen. Wir hatten vergessen, die Jalousie zuzuziehen. Langsam hob und senkte sich das dünne Laken. Das Laken war zerwühlt und ließ kaum die Konturen des Körpers erkennen, der unter ihm lag, deines Körpers. Ein Arm war frei. Auf ihm glänzten die kleinen Haare im Licht. Deiner Haut haftete ein Geruch an, den das Meer und die Sonne ihr am Vorabend gegeben hatten. Ich hätte dich berühren wollen, aber tat es nicht. Der Traum wirkte noch in mir nach und ich dachte zum ersten Mal daran, dass ich dich verlieren könnte. Der Gedanke an den Tod war im Sonnenlicht so unwirklich, aber er hatte dennoch Besitz von mir ergriffen. Ich stellte mir vor, wenn du tot wärest, gerade gestorben, würdest du auch so daliegen. Du würdest für einige Momente noch dieselbe Wärme ausstrahlen. Ein Körper, der dort läge und doch nur ein Körper ohne Leben wäre. Ein Augenblick hätte ihn für immer entkernt, ihm das genommen, was einzig sein menschliches Wesen ausgemacht hatte.

Ich hatte Angst, eine Angst, wie ich sie nie zuvor verspürt hatte, und doch versuchte ich, dich nicht mit meinem Atem zu wecken. Kein Hauch sollte dich in deinem Schlaf stören. Kein Hauch sollte deine Bewusstseinslosigkeit brechen und dich in das Selbstverständnis dieses Seins, dieses Lebens zurückreißen.

*

Den Tag darauf verbrachten wir einfach am Strand und genossen die Wärme und immer wieder die Abkühlung. Als wir wieder zurück im Zimmer waren, duschte ich nach dir. Als ich damit fertig war, betrat ich den dunklen Flur und rief nach dir. Es blieb ruhig. Du antwortetest nicht und ich spürte erneut Angst. Ich hatte Angst um dich. Angst um dich zu haben, war ein schmerzhaftes, aber irgendwie auf unerklärliche Weise auch ein gutes Gefühl, das eben nicht bloß aus dem Leerlauf einer Sehnsucht entstanden war. Etwas hatte eine Bedeutung gewonnen. Ich fand dich auf dem Balkon. Du lagst in einem Liegestuhl und hattest ein blaues Buch in deinem Schoß. Es war dorthin hinabgesunken, nachdem du eingeschlafen warst. Ich blickte wieder über das Meer, das jetzt tiefblau dalag. Vor dem Haus standen Orangenbäume, die noch blühten. Die Hitze war tropisch. In der Nähe hörte ich eine einsame Heuschrecke und weiter in der Ferne schrien schon die Nachtvögel. Der letzte

Bus aus Málaga fuhr an der Straße entlang, an der die Tennisplätze lagen. Ich konnte ihn nicht sehen.

Wahrscheinlich hattest du nach deiner Lektüre nicht aufstehen wollen, weil du müde warst und das Meer beständig rauschte. Bloß sitzen, sein, nichts weiter, lauschen und dem Klang auf seiner Spur in den Schlaf folgen. Rauschen und Brausen rückt das Weltgeschehen in eine Ferne, in der man selbst zur Ruhe kommt, weil sich nichts mehr vom anderen abhebt.

Ich setzte mich dir gegenüber und sah auf dein Gesicht, ohne darin zu lesen. Eine Fliege saß auf deiner Stirn. Sie gab dir etwas Puppenhaftes, das eine starke Regung in mir erzeugte.

„Ich habe ein bisschen geschlafen", sagtest du.

„Ich wollte lesen. Ich habe ein neues Buch angefangen. Es ist aus dem 19. Jahrhundert." Ich sah jetzt den Umschlag. Du last *Wellen* von Eduard von Keyserling.

Ich hatte lange geschwiegen und antwortete dir, als der Dialog schon zerrissen war. „Ich habe geduscht und dann nach dir gerufen. Ich hatte Angst", sagte ich.

„Wollen wir noch los", fragtest du. „Ich meine, wir sollten noch fahren. Wir haben nichts zum Essen hier", fuhrst du fort.

*

In dem Restaurant war es voll. Wir setzten uns an einen kleinen Tisch, der an einer Wand stand, die mit andalusischen Kacheln verziert war. Die Muster darauf waren vom maurischen Erbe inspiriert. Geschwungene Linien, symmetrische Figuren und arabische Schriftzeichen liefen ringsherum. Mir gefielen diese Dekors, weil sie mir das Gefühl gaben, in weiterer Ferne zu sein. Sie bedienten mein Fernweh. Jetzt wollte ich genau an diesem Ort sein.

Du brauchtest nur kurz in die Karte zu blicken, um dich zu entscheiden. Wir einigten uns darauf, eine Karaffe des roten Hausweins zu bestellen. Du blicktest zu mir und begannst zu erzählen. Du warst so redelustig an dem Abend.

„Ich muss an den Mann denken, den wir am Strand gesehen haben. Der mit den weißen Gewändern und der gelben Schärpe. Er sah so elegant aus, wie er dort entlangschritt. Er passte nicht in das Bild von spielenden Kindern und aufblasbaren Krokodilen. Er wirkte so entrückt von allem, als wäre er aus einer anderen Zeit durch ein Loch in unsere Gegenwart gefallen und versuchte nun, seine Würde zu bewahren, woran er scheiterte, weil die Umgebung aus ihm einen Verrückten machte."

Du warst so schön. Du legtest dein Kinn auf den Rücken beider Hände. „Ich möchte mir unbedingt eine von diesen schön bemalten Kacheln mit nach Hause nehmen", sagtest du. „Aber vielleicht passiert mit der Kachel in meiner Wohnung dasselbe wie mit dem weiß gewandeten Mann am Strand", fuhrst du fort.

Ich versuchte auch, mich an etwas zu erinnern, was ich am Strand gesehen hatte. „Ein Mann hat neben einer Frau gelegen und ihr immer wieder in den Po gekniffen. Man hat gesehen, dass sie es gehasst und längst resigniert hat. Ich glaube, sie waren bereits in einem höheren Zermürbungsstadium des Zusammenlebens angelangt. Das passiert in Ehen, wenn zwei Menschen heiraten, weil sie meinen, Gewohnheit sei das zweite Stadium der Liebe und damit eine ideale Voraussetzung für die Ehe." Ich hielt kurz inne und dachte an meine Eltern. Dann überlegte ich, ob ich den Bezug herstellen sollte, beschloss aber, es nicht zu tun.

„Das soll uns nicht so gehen", sagtest du, jetzt nachdenklicher.

„Ja, wir müssen wachsam bleiben", sagte ich. „Wir machen uns Vorstellungen von Menschen und sperren sie darin ein", fuhr ich fort.

„Wie meinst du das?", fragtest du.

Am Nachbartisch wurde zunehmend laut gelacht. Ich sah kurz hinüber und sah eine junge Frau, die nicht in das Lachen einstimmte. Ihr Mund zeigte nur die Andeutung eines Lächelns. Eine Momentaufnahme ihres Gesichts, das ich bloß für eine Sekunde gesehen hatte.

„Sieh dir die Frau am Nachbartisch an. Die Unbekannte, die nicht lacht, wenn alle anderen lachen", sagte ich. Ich fuhr fort: „Sie gefällt mir. Oder vielmehr, das Bild, das ich mir von ihr innerhalb eines Sekundenbruchteils gemacht habe, gefällt mir. Sie ist in meiner Vorstellung eine Frau von etwa 22 Jahren. Ihre Haare sind schwarz und ihre Augen dunkel, so viel weiß ich noch von dem kurzen Blick in ihre Richtung."

Du hobst deine Hand und unterbrachst meinen Redefluss. „Moment. Sie gefällt dir also. Was genau gefällt dir an ihr?"

Ich war mir nicht sicher, ob ich eine Spur von Empörung und Eifersucht aus deiner Stimme heraushörte. Der Fauxpas war augenfällig, nur wusste ich nicht, ob es dich wirklich kränkte, dass ich dir gegenüber wohlmeinend über eine fremde Frau sprach, ob du mich aus der Reserve locken wolltest oder ob du im Spaß zu mir redetest. Wir hatten beide noch nicht die Grenzen unseres gegenseitigen Verständnisses und Vertrauens ausgelotet und ich kannte dich noch nicht gut genug, um zu wissen, ab wann das Eis dünner wurde. Vielleicht war dieses Bild von der Frau am Nachbartisch, das ich bemühte, in mir aus ebendiesem Grund entstanden, um mich an eine Grenze heranzutasten. Deine Reaktion ließ mich zunächst vermuten, ich hätte diese Grenze bereits erreicht, was mich ein wenig enttäuschte. Ich versuchte, zurückzurudern und zu relativieren.

„Sie sieht in meiner Fantasie aber schon nicht mehr aus wie die Frau am Nachbartisch, sondern ähnelt dir, Isabella. Wirklich, ich habe das nicht so gemeint, wie du vielleicht..."

Du lachtest. „Hey, ist schon gut. Ich habe nichts dagegen, wenn dir andere Frauen gefallen, schon gar nicht, wenn du mit mir darüber sprichst. Das ist doch der beste Vertrauensbeweis, den du mir machen kannst. Wir sind ja keine Maschinen, die einmal programmiert werden und dann nie mehr vom Programmcode abweichen. Niemand findet den Partner, in dem sich alle Vorstellungen einer perfekten Partnerschaft verwirklichen. Nun bin ich aber doch neugierig, was dir an der Vorstellung der Frau vom Nachbartisch besonders gefällt."

„Also gut. Es war ja nur ein Augenblick, in dem ich sie sah und doch sehe ich nun eine ganze Szenerie vor mir. Ich stelle mir die Frau auf einer überdachten Terrasse vor, wo sie die Tage lesend in einem Liegestuhl verbringt. Sie kennt die Welt vor allem aus Büchern und versinkt in barocken

Eitelkeiten, wenn sie Thackerey liest. So gefällt mir das Bild von ihr."

„Dann muss ich mir ja wirklich keine Sorgen machen", warfst du lachend ein. „So wird sie in Wirklichkeit ganz bestimmt nicht sein."

„Ja, aber darum geht es nicht. Auf der Terrasse sind Palmen in großen Terrakottatöpfen, die eine Laube bilden. Dort ist sie, die darauf wartet, wachgeküsst zu werden, um der Büchernarretei zu entrinnen. Wenn sie spät abends über einem Buch versunken ist, wacht sie morgens mit einem Tautropfen an ihrer Nasenspitze wieder auf und tritt an das Geländer, um zu der Frühsonne über dem Meer zu blicken, die kurz in ihr von tausend Geschichten beseeltes Herz scheint. Meine Fantasie trägt mich mit sich fort."

Die Frau am Nachbartisch, um die es ging in der Fantasie, lachte nun schrill auf, wie erwacht aus einem Tagtraum. Das alles geschah in einer Sekunde und ich verstand im selben Moment, das mir meine Fantasie, die ins Märchenhafte abgedriftet war, einen Spiegel gezeigt hatte. Ich hatte eine Frau gesehen, die in meinem eigenen Leben gefangen war und den Schlaf geschlafen hatte, in dem ich Jahre verbracht hatte. Es war bloß eine Projektion meiner selbst gewesen, ein flüchtiges Bild, das sofort verschwand.

„Okay, das passt nun nicht ins Bild. Dieses Lachen passt nicht zu der Frau, die ich in meiner Vorstellung gesehen hatte", sagte ich.

„Also, wie sind wir darauf gekommen? Ach ja, der Käfig, in den wir unser gegenüber einsperren. Als ich eben aus meiner Fantasie zurückkehrte, sah ich dich, einen Menschen, den ich nie ganz mit dem Verstand werde begreifen können. Ich will damit sagen, dass wir uns nie der Illusion hingeben sollten, den anderen ganz zu begreifen."

Du schwiegst eine Weile, offenbar in Gedanken. „Ich verstehe", sagtest du, während du mit einem Finger eine deiner vielen Locken aufwickeltest. „Dein Verstand, deine Vorstellung, alles, was du dir in deiner dualistischen Gedankenwelt ersinnen kannst, wird immer nur zu einem Käfig, in dem ich mit gestutzten Flügeln sitze. Ist es das, was du meinst?"

„Ja, so ungefähr."

„Aber, das ist alles sehr hypothetisch und irgendwie realitätsfern", du hieltest kurz inne. „Vielleicht ist es einfach wichtig, stets nach dem Anfängergeist zu suchen, mit dem man Dinge beinahe so sehen kann, als sähe man sie zum ersten Mal. So, als hättest du mich noch nicht in deinen Vorstellungen gefangen genommen. Vertreib den Gedanken, verjage jeden Gedanken und gleite in diesen einen Moment. Davor war nichts und danach wird nichts mehr sein, das ist der Anfängergeist."

Ich erkannte eine tiefere Wahrheit in dem, was du sagtest, vermochte sie aber nicht zu verinnerlichen. „Woher hast du das? Hast du das gelesen oder lebst du danach?"

„Das ist der Zen-Gedanke. Ich würde gerne mehr danach leben. Manchmal versuche ich es. Vieles im Zen klingt nach einem simplen Trick, ist aber in Wirklichkeit eine tiefe Weisheit und es kann ein Leben dauern, bis man sie verinnerlicht hat, wenn man überhaupt je zu diesem Punkt gelangt. Zen ist mehr ein Weg, den ich manchmal ein Stück gehe, aber von dem ich immer wieder abkomme."

Ich dachte darüber nach. Von Zen hatte ich ein paar Dinge gehört. Ich sah goldene Buddhas und winkende Katzen vor mir und erinnerte mich auch, einmal ein Buch mit Koans, Sprüchen und Rätseln in der Tradition des Zen in den Händen gehabt zu haben. In dem Moment ahnte ich noch nicht, welche Bedeutung Zen später einmal für mein Leben gewinnen würde. Ich war kurzzeitig beeindruckt, nahm mir vor, mich nach unserer Rückkehr ein wenig damit zu befassen, vergaß es aber schnell wieder.

In dieser Nacht lag ich lange wach und lauschte dem Wind in den Palmen vor unserem Schlafzimmerfenster. Auch glaubte ich, das ferne Rauschen der See zu hören. In das kosmische Rauschen mischten sich weitere Bilder.

*

Wir fuhren auf der Autovia del Meditterráneo an der Costa del Sol. In der Ferne türmten sich majestätisch die Ausläufer der Sierra Nevada. Du erzähltest während der Fahrt von deiner Kindheit. Das Meer war für dich lange ein Sehnsuchtsort gewesen. An die Ostseeküste hättest du mit deinen Eltern fahren können. Dein Vater hätte eine Konzession für einen Urlaub auf einem der Campingplätze zwischen Rostock und Schwerin bekommen. Deine Eltern verreisten aber nicht und verbrachten ihre Tage mit Arbeit und Literatur oder Arbeit an Literatur. Das Meer wollten sie vielleicht auch deshalb nicht sehen, weil es Wehmut und ein Gefühl, unfrei zu sein, wachgerufen hätte.

Du schautest hinüber zum Meer, wo ein großes Schiff mit drei weißen Masten in einiger Entfernung zum Ufer vor Anker lag. Ich sah kurz zu dir und dann wieder auf die Straße. Eine Momentaufnahme deines Gesichts im Licht des Südens. Der Moment erschien mir unwirklich. Noch vor zwei

Monaten waren wir Ausbilderin und Lehrling gewesen und ich hätte mir nicht erträumen können, dir so nahe zu sein.

Das weiße Segelboot, das Meer, die kleinen Dörfer mit den weißen Häusern, auf deren Dächern Wäsche aufgehängt war, zogen an uns vorbei. Dir fiel etwas ein, als du das weiße Boot gesehen hast. Du erzähltest mir davon, wie du als kleines Mädchen auf der Elbe ein Segelboot mit weißen Segeln gesehen und von der Ferne geträumt hattest, die irgendwann zu einem bloßen Topos geworden war. Es war ein Echo aus Kindheitstagen, einer von solchen Momenten, die in der Gegenwart einen Widerhall eines bis dahin vergessenen Gefühls schufen.

Eine Weile schwiegen wir. Wir fuhren an Marbella vorbei, wo die Boheme abends ausschweifende Feste feierte. Ich war nie dort gewesen, doch stellte ich mir eine Promenade vor. Darauf lief eine Frau, die nach der Mode der Fünfziger gekleidet war. Sie erwiderte stolz keinen der Blicke, die ihr von Männern zugeworfen wurden, denn sie wusste, dass ich auf sie wartete. Sie hatte ein Kleid in aquamarin an, das weit und luftig war. Ein Windhauch hob ihren Rock ein wenig empor und ich verlor mich in einem Bild aus einer Eiscremewerbung aus den USA der Fünfziger Jahre und dir als meinem Mädchen von Ipanema. Doch du warst Wirklichkeit.

Rechts von uns türmte sich die Sierra de Tolox auf. Ich verließ die Spur und steuerte das Auto auf eine Tankstelle zu. Du wolltest, dass ich dir etwas mitbringe. Als ich ausstieg, hatte ich eine Schutzzone verlassen, die eine Klimaanlage mit Energieaufwand und beständigem Surren aufrechterhalten hatte. Die Tankstelle war in einer windgeschützten Bucht, eingekeilt zwischen hohen Felswänden. Schwarzer Asphalt, kurz davor sich zu verflüssigen, strahlte die Hitze aus, die in Milliarden Kilometern Entfernung entstand und mich hier unten schwindeln ließ. Ab welcher Temperatur fangen eigentlich Benzindämpfe Feuer?

In dem kleinen Shop, in dem zwei Ventilatoren eine startende Cessna intonierten, bediente mich ein alter Mann, der früher viel im Freien gearbeitet haben musste. Sein Gesichtsleder war stark gegilbt, faltig und fleckig.

Ich kaufte uns zwei Eis. Als ich wieder in die sengende Sonne trat, spürte ich für einen Augenblick einen starken Schwindel. Es war, als würde die Leinwand zerreißen, auf der mein Film lief. Ich spürte eine Angst, vielleicht ein Vorbote der Angst, die mich Jahre später mit aller Wucht treffen würde. Im Wagen saßt du und spieltest mit deinen Locken. Ich erreichte die Autotür und spürte das heiße Metall. Im klimatisierten Inneren fühlte ich mich schnell besser.

Wir sahen aus der Ferne Concepción, den Ort an der spanischen Grenze, in dem wir das Auto abstellen würden. Du warst aufgeregt, weil du England liebtest, wie du sagtest, und dir rote Telefonzellen und englische Pubs vorstelltest. Es war das England aus deinen Büchern und doch gab es beides auch in Gibraltar.

Ich dachte an einen Roman von Duras, den ich vor Jahren gelesen hatte. Darin fährt eine schöne Amerikanerin mit ihrer

Jacht, der *Gibraltar*, die Küste des Mittelmeers ab und sucht nach einem Matrosen, den sie einmal geliebt hatte und der immer wieder wie eine Chimäre auftaucht und wieder verschwindet, bevor sie ihn erreichen kann. Ihr Lebenssinn ist die Suche, die sie erfüllt und die für sie niemals enden sollte. Mit diesem Bild im Kopf war ich wieder in der Welt literarischer Vorstellung, aber die Realität überlagerte dieses Bild bald wieder und ließ es nur an wenigen Stellen durchscheinen.

Vor uns ragte der Felsen hoch in den wolkenlosen Himmel auf. Du setztest eine große Sonnenbrille im Stil der Fünfziger Jahre auf, die dir gefiel. Du sagtest, sie erinnere dich an Audrey Hepburn in *Frühstück bei Tiffany*. Wir stellten fest, dass wir beide Filme aus den Fünfzigern liebten.

Wir gingen über den Strand in Richtung Grenze. Ein weiß-roter Ball flog durch die Luft. Es roch nach Seetang, Sonnencreme und ein wenig nach Öl. An der Küste war in einiger Ferne eine Raffinerie zu erkennen. Ein großer Tanker lag vor Anker.

Wir erreichten die Grenze und ich hatte mich darauf vorbereitet, meinen Reisepass zu zeigen, doch der Zöllner winkte uns durch. Hinter der Grenze stand eine rote Telefonkabine.

*

Du wolltest auf den Felsen, um die Berberaffen, die der Queen unterstellt waren, in freier Wildbahn zu sehen. Wir durchquerten den Ort und sahen Ziegelsteinfassaden, hinter denen Pubs oder Souvenirläden waren. Ich war erstaunt über die niedrigen Spirituosenpreise und beschloss schon jetzt, dass ich vor der Abfahrt eine Flasche *Chivas Regal* und einen *Bombay Saphire Dry Gin* mitnehmen würde. Nach rechts führte eine Straße zum Hafen. Ich bat dich, mit mir dort entlang zu gehen. Ich wollte die großen Schiffe sehen, wie sie dort vor Anker lagen. Aus einer Spelunke drangen britische Seemannslieder. Gleich würde ich einen Matrosen von Gibraltar sehen. Eine Chimäre, wie sie Marguerite Duras erschaffen haben könnte. Ich dachte in dem Moment an meine Mutter. Sie war als junge Frau auch einer Chimäre hinterhergejagt, dem Mann, dem sie ihre Liebe hätte geben können und der sie auch erwidert hätte. Dann fiel mir ein Spruch ein, den ich einmal in einem miesen Stück Erbauungsliteratur gelesen hatte. Dort hieß es, Liebe sei das Einzige, das man geben könne, ohne es zu verlieren. So ein Unsinn. Meine Mutter hatte ihr Leben lang Liebe gegeben und was war aus ihr geworden? Eine verbitterte Frau, die niemanden mehr lieben konnte und die nicht nur ihre Liebe, sondern auch sich selbst verloren hatte. Sie war ausgeblutet durch all die Liebe, die sich gegeben hatte und von der nichts zurückkam.

Das Wasser am Pier war schmutzig. Es roch nach Teer und verwesendem Fisch. Einige Kutter waren mit schweren Nylonseilen angebunden. Öltanker lagen in weiterer Ferne auf dem offenen Meer vor Anker. Wir waren aus der schattigen Gasse getreten und standen in der Glut, in der alle Sinneseindrücke verschmolzen. Ich sah die Luft aufsteigen. Ein Dieselmotor eines der kleineren Boote lief an und gleichzeitig läuteten Kirchenglocken.

Du blicktest über das Meer. Es war kein schwarzes Meer, keine feste Masse von Pech, die tausend Tote in sich barg und die Schreie der Menschen erstickte, die darin gestorben waren. Hier war das Meer blau und grün. Wir hatten unsere Hände ineinandergeschoben, obwohl sie feucht waren von der Hitze. Ich blickte auf dein Gesicht, das dem Meer halb zugewandt war. Auf deiner Wange tanzte ein Lichtfleck und dein Haar hob sich leicht bei einer Böe. Ich wusste, dass du in diesem Moment auch eine Melancholie spürtest. Ich war ganz im Moment und spürte nur die Liebe zu dir, wie du über das Meer blicktest und für den Bruchteil einer Sekunde verunsichert warst. Ich küsste dich und wir wussten, dass wir uns hatten. Ein stilles Verständnis füreinander verband uns.

Wir wandten uns ab von dem Spiegel, der glitzernd hinter uns lag und gingen zurück durch die Gasse, aus der wir gekommen waren.

Dann waren wir unterwegs zu dem Felsen, an dessen Flanken wir mit zwei weiteren Touristen in einem kleinen Bus emporfuhren. An einem Aussichtsplateau machten wir für eine Viertelstunde halt. Die Sicht war besser geworden, sodass wir in der Ferne Marokko erkennen konnten. Vermutlich war es Tanger, was wir sahen.

Ein weißer Belag auf den Hügeln an der Küste deutete auf Spuren der Zivilisation. Du warfst 50 Cent in ein Fernglas.

„Ich kann einen Turm sehen", sagtest du. „Schau, da ist ein Minarett."

Ich blickte auch durch das Fernglas und sah einen Hafen, der von einer großen Fähre angesteuert wurde.

Ich wollte dort sein und mich in den Gassen verlieren, in denen Gewürzhändler Pulver in tausend Farben feilboten, vor den Cafés alte Männer saßen und gedankenverloren an ihren Wasserpfeifen zogen. Ich hatte die Augen geschlossen und sah ein Haus, das in seinen Kacheln die Farbe des Meeres aufgefangen hatte und keine Tür besaß. Im Eingang bewegte sich ein Vorhang aus feinem Tüll leise im Wind. Ich betrat einen Raum. Es roch nach Pfefferminze, die in siedendem Wasser ihr Aroma verteilte, das aufstieg und alles beseelte.

Der Bus fuhr weiter. Hinter uns saßen die Touristen aus Manchester.

Der Mann sprach zu seiner Frau. „My trousers are stained. Look at this mess."

Ich hörte nicht weiter zu, sondern konzentrierte mich auf die Stimme, die aus dem Radio des Busses kam. Ich verstand nur, dass Nordkorea im Pazifik seine militärische Macht demonstriert hatte und der Präsident der Vereinigten Staaten darüber „concerned" war. Außerdem waren in Kapstadt bei einem Raubüberfall drei italienische Touristen gestorben.

„Oh my god, this is awful", sagte der ältere Herr hinter mir und meinte damit den Fleck auf der Hose seiner Frau. Wir erreichten eine Kuppe, auf der die berühmten Gibraltar-Affen einigen Touristen auf die Schultern gestiegen waren. Ich machte mir Gedanken über die Gleichzeitigkeit von militärischen Machtdemonstrationen, Raubüberfällen und den Ärger, den ein Fleck auf der Hose verbreitete.

Ich ließ einen handzahmen Berberaffen auf meine Schulter steigen und spürte das Gewicht des Wesens auf mir.

Du warst so fröhlich. Als wir wenig später durch eine Tropfsteinhöhle wanderten, sprangst du die Treppen hinab. Hier in der

Kühle, in die kein Sonnenlicht drang, haben sich über Jahrhunderttausende Stalaktiten und Stalagmiten zu einer Säulenhalle gebildet, die in ihrer Anmutung außerirdisch erschien. Ich stand mit dir am Geländer und blickte in eine künstlich beleuchtete Tiefe.

„Gewaltig. Ist das nicht wunderschön?", sagtest du. Das war es. Die Größe des Ozeans, die dem Menschen seine geringe Bedeutung im gesamten Geschehen auf Erden zeigt, wird hier dem Stein gewordenen Zeitenlauf entgegengestellt, der dem Menschen die Kürze seiner eigenen Lebensspanne vor Augen führt.

Die beiden Touristen aus England hatten sich schon wieder beim Bus eingefunden, als wir in das blendende Sonnenlicht traten. Die Sonne hatte ihren Zenit überschritten, brannte aber noch auf der Haut. Gerade war es windstill, sodass die Luft stand und flimmerte. Wir hatten keine Zeit mehr, um noch in den Andenkenladen zu gehen, dessen Eingang mit Postkartenständern fast zugestellt war.

Du hättest dir gerne einen der Hüte aufgesetzt, die zum Kauf angeboten wurden. Du hättest auch gerne nach einem Glas gesucht, das es in jedem Touristenort mit anderem Motiv gab. Doch die Engländer saßen schon auf ihren Plätzen und fächerten sich mit Prospekten Luft zu. Durch das geöffnete Fenster des Busses hörte ich das Wort „mess". Etwas war wieder vorgefallen, was dem Paar das Touristendasein vergällte. Wahrscheinlich war es in der Höhle zu kühl gewesen und hier draußen zu warm oder etwas in der Art. Ich stellte mir vor, dass sie nur Lückenfüller brauchten, etwas, worüber sie sich aufregen konnten, um die Lücken zwischen gewichtigen Gedankengängen zu füllen. Ich stellte mir ferner vor, wie Mr. Lavidge, den Namen hatte ich aus einem Gespräch herausgehört, sagte: „This heat is awful. I am sweating like a hog. What a mess..." und im nächsten Satz, „but on the other side, I assume that Bacon was right, when he fought metaphysics using the arguments of science. The power of the enlightened humankind is superior to nature. As I always say *tantum possumus quantum scimus*". Ich spitzte tatsächlich meine Ohren, um nicht zu verpassen, was Mr. Lavidge sagen würde. Es passierte nichts.

Ich spürte ein Unbehagen, ja eine Verachtung für jeden Gedanken, der nicht ein gewisses Gewicht hatte. Ich hatte noch nicht erkannt, dass dieses Gewicht meiner Gedanken genau das war, was mich zu Boden reißen und in die Verzweiflung treiben konnte. Frei von dieser Verachtung, im Moment angekommen, hätte ich vielleicht stattdessen eine Liebe empfinden können, in die sogar die Lavidges eingeschlossen gewesen wären. Diese Fähigkeit, zufrieden zu sein und Dankbarkeit zu empfinden, war in mir kaum entwickelt. Zu sehr wirkte eine Verbitterung oder zumindest eine Anlage zur Verbitterung in mir, die in meinem Elternhaus einen Nährboden gefunden hatte.

Wir fuhren wieder hinab in die Stadt. Ich kaufte mir noch die Spirituosen, so wie ich es mir vorgenommen hatte. Dann gingen wir zu unserem Leihwagen. Dabei liefen

128

wir wieder über das Flugfeld, das jeder überqueren musste, der Gibraltar betreten oder verlassen wollte.

Bevor wir zum Auto zurückkehrten, setzten wir uns auf der spanischen Seite noch für eine Weile an den Strand. Bei der Rückfahrt sprachen wir nicht viel. Einmal sagtest du, du seiest glücklich.

*

Ich hatte bereits das Abblendlicht einge-
schaltet und so fuhren wir in der Dämmerung im Strom aus Gütern und Menschen.
Du öffnetest das Fenster einen Spalt breit,
sodass du deine Hand in den Fahrtwind
halten konntest. Wir sprachen nicht viel,
waren müde von den Ereignissen des Tages. Es war die Müdigkeit nach einem Tag,
an dem das Glück beinahe greifbare Formen angenommen hatte. Wir waren mitten
im Fluss aller Dinge und ließen uns treiben.

Wir erreichten Córdoba und verloren
bald die Orientierung in einem Wirrwarr
von Gassen und Einbahnstraßen. Jede
Straße wurde zu einer vielversprechenden
Möglichkeit und Verheißung. Ursprünglich
auf der Suche nach unserem Hotel, begann uns die Irrfahrt bald zu gefallen. Bei
unserer planlosen Stadtrundfahrt gerieten
wir in den Sog des maurischen Zaubers
aus verschlungenen Irrgärten und dem
fremdartigen Geometrieverständnis eines
uralten Spielmeisters. Wir befanden uns
im ehemaligen Kalifat von Córdoba, dem
Nabel einer islamischen Welt, in dessen

Blütezeit Al-Andalus sich bis in den Norden des heutigen Spaniens erstreckt hatte. Dann entdeckten wir inmitten des Labyrinths die Mauern der Mezquita. Das gewaltige Bauwerk wäre die größte Moschee Europas, wenn die Geschichte anders verlaufen wäre. Inmitten maurischer Pracht aus Rundbögen und goldener Zierde war das fremdartige Gebilde einer Renaissancekirche eingepflanzt worden.

Wir waren nicht mehr müde und verschoben die Suche nach dem Hotel auf später. Das Auto ließen wir in einer Seitenstraße stehen. Ich legte meinen Arm um deine Schultern, während wir ohne Ziel losliefen. Ich hörte das Zirpen von Grillen, leises Rascheln von Palmwedeln, den Widerhall von Absätzen, Gelächter und das Klirren von Weingläsern, sonst nichts, kein Gedanke. Dann gerieten wir in die verschlungenen Gassen der Judería, wo aus einem schwach erleuchteten Fenster Worte von Scheherazade zu uns hinüberwehten, deren fremder Klang im Mondschatten von Orangenbäumen widerhallte.

Das war unser letzter Abend in dem ersten Sommer, in den wir als Ausbilderin und Lehrling gegangen und den wir als Paar verlassen haben.

Dazwischen

Der Sommer war vorbei und der Herbst drang mit seiner feuchten Kühle auch in meinen Rückzugsort vor der Welt. *Unsere* Buchhandlung wurde sie erst so richtig, nachdem wir von der Reise zurückkamen und ich nicht mehr das Gefühl hatte, nur ein Zaungast in deinem Leben zu sein. Alles hatte diese Reise verändert. Sie hatte uns vereinigt. Vor allem hatte sie bewirkt, dass ich ein fester Bestandteil deines Lebens wurde.

Ein Rückzugsort war die Buchhandlung, weil ich unbewusst immer vor etwas auf der Flucht gewesen war. Nach unserem ersten Sommer ließ dieses Gefühl zunächst nach und ich fühlte mich sicherer, beinahe schon endlich angekommen in meinem Leben. Dieses Gefühl währte aber nur kurz. Wieder heimgekehrt in mein Elternhaus wohnte ich den üblichen abendlichen Streitgesprächen zwischen meinen Eltern bei und verfiel schnell wieder in negatives Denken. Mir war nicht bewusst, dass ich, so glaube ich heute, bereits in eine verhängnisvolle Spirale aus Angst und Vermeidung geraten war. Ich vermute, dass bereits damals die Welt da draußen, meine Welt, in der ich mich bewegte, meine Lebenswirklichkeit und somit mein Handlungsspielraum langsam kleiner wurden, ohne dass ich es in der Zeit bereits bemerkt hätte. Ich verstand nicht, dass nicht die Welt sich veränderte, sondern dass mir durch kleine Vermeidungen zwar vordergründig negative Erlebnisse erspart blieben, aber vor allem eben auch positive Erlebnisse mehr und mehr ausblieben. In einigen Gefilden meiner Welt war der Boden bereits verseucht und toxische Dämpfe hinderten mich daran, diesen Boden zu betreten, zu bestellen und später die Ernte einzufahren.

Darüber zu spekulieren, weshalb ich zu diesem Vermeidungsverhalten neigte, ist ein wenig müßig. Ich kann nur vermuten, dass die starke Bindung zu meiner Mutter, die sich zudem schwer damit tat, mich aus dem goldenen Käfig der Bemutterung zu entlassen, mir die Kraft raubten, die ich benötigt hätte, um im richtigen Moment die Flügel auszubreiten und als erwachsener Mann in die Welt hinauszufliegen. Eine

Rolle spielte sicher auch mein Vater, der gleichzeitig die Rolle des Abwesenden und die des erfolgsbeschienenen Übervaters einnahm.

Wenn ich las oder mich in einem Raum aufhielt, der mit dem Brodem des Literarischen angefüllt war, dann hatte ich das Gefühl, ganz bei mir zu sein, ganz ich selbst zu sein. Die Welt mit den Augen eines Autors zu betrachten, der zu allem eine Erklärung hatte oder zumindest den Dingen eine Ordnung gab, den Blick lenkte und filterte, das ließ mich meine Ängste vergessen. Ich selbst wusste dabei aber kaum, wer *ich* war und war mir nicht einmal dieses Mangels an Bewusstheit gewahr, der mich später zu Fall brachte.

Man könnte meinen, dass das Leben an deiner Seite mich hätte aufrichten müssen. Mit dir als einen Teil meines Lebens wurde ich aber auch nicht mit einem Mal zu einem Menschen, der mit beiden Beinen im Leben stand. Mein Leben hatte unzweifelhaft an Substanz gewonnen und ich konnte einen Teil der Leere in mir mit Sinnhaftigkeit füllen. Sinn wäre vielleicht zu viel gesagt, weil darin immer der Glaube an einen tieferen Sinn, an eine Erklärung für das ganze Weltentheater mitschwingt. Die Sinnhaftigkeit, die du mir gabst, genügte mir aber vorerst. Ich hörte auf, nach dem Sinn zu fragen und zu suchen. Ich hatte, zumindest momentweise das Gefühl, dort angekommen zu sein, wo ich hingehörte. Auch befiel mich nicht mehr die ganz große Beklemmung, wenn ich zu viel von der Welt da draußen mitbekam, weil die Leere, die sich zuvor immer mit all dem hatte anfüllen können, was mir Unbehagen bereitet hatte, nun zum Teil besetzt war.

Dennoch blieb unsere Buchhandlung mein Refugium. Es war noch immer der Ort, an dem ich mich am wohlsten fühlte und an dem auch die Kühle des Herbstes mir nichts anhaben konnte.

*

Die Zeit mit dir nach unserem gemeinsamen Feierabend genoss ich an manchen Tagen sogar mit einer ungekannten Unbeschwertheit. Wir schufen eine gemeinsame Tradition, indem wir an jedem Freitagabend ein anderes Restaurant der Stadt besuchten, um unseren Gesprächen immer einen, in kulinarischer und atmosphärischer Hinsicht, neuen Rahmen zu geben. Du hattest einmal gesagt, du seist zwar für gemeinsame Traditionen, aber nicht für Langeweile. Auch in den Traditionen solle es stetig Erneuerung geben. Mir hatte der Gedanke gefallen.

Für einen Freitagabend, zwei Monate nach unserer Rückkehr, hatte ich ein kleines und romantisches Restaurant vorgeschlagen, das mit seinen Fenstern den kopfsteinbepflasterten Platz vor einer kleinen Kirche beleuchtete, in der schon lange keine Gottesdienste mehr stattgefunden hatten.

Ich war verwundert, als du zuerst meintest, du wolltest den Abend lieber alleine verbringen. Das hatte es vorher nie gegeben. Auch den Rest des Tages warst du eigenartig schweigsam und hast dich nachmittags ganz in die Katakomben zurückgezogen, so als wolltest du mir aus dem Weg gehen. Später, als ich den Kassenabschluss machte, kamst du dann zu mir und sagtest, dass du dich doch am Abend mit mir in dem Restaurant treffen wolltest. Ich war irritiert, aber dachte dann nicht weiter darüber nach. Jeder ging zuerst kurz nach Hause, um sich etwas anderes anzuziehen. Meine Mutter traf ich in der Küche an. Ich konnte erkennen, dass sie geweint haben musste. Ich fragte sie, ob alles in Ordnung sei.

„Alles ist Scheiße, aber das ist ja nichts Neues. Das Arschloch ist schon wieder tagelang weg und ich weiß nicht, wo er ist. Denkst du, er würde sich mal melden? Nein, dem ist es völlig egal, wie ich mich fühle", sagte sie.

Ich spürte, wie ihr Kummer sich auf mein Gemüt legte, wie ein schwarzer Filz. So oft schon hatte ich es ertragen, hatte versucht, sie zu trösten und war unter der Last ihres Lebensleids erdrückt worden.

Mein Reflex auf ihre Äußerung war diesmal reine Wut. Ich hatte mich kurz zuvor noch auf einen genussvollen Abend mit dir gefreut und etwas in mir wehrte sich dagegen, von den Gefühlen meiner Mutter vereinnahmt zu werden.

Ich ging wortlos nach oben, zog mich um und brach dann hastig auf. In die Wut mischte sich ein schlechtes Gewissen. Beides versuchte ich zu unterdrücken. Ich lief in der Dämmerung etwa eine Viertelstunde und konzentrierte mich darauf, nur das zu sehen, was vor mir lag. In den Seitenstraßen war wenig Verkehr. Nur ein paar schwere Limousinen mit reichen Insassen fuhren an mir vorbei, wobei ihre Reifen das für die Fahrt über Kopfsteinpflaster charakteristische Geräusch machten.

Eine Melodie ging mir nicht aus dem Kopf. Es war das Lied, das du so mochtest. Das von Syd Matters, bei dem du immer so weltentrückt und irgendwie traurig auf mich gewirkt hast. Mir fällt der Text dazu ein.

Eine Passage lautet:

We played hide and seek in waterfalls
We were younger, we were younger.
Someday we will foresee obstacles
Through the blizzard, through the blizzard.

Vielleicht war es ein Omen, dass mir gerade dieses Lied einfiel, bevor wir uns an jenem Abend trafen.

Ich dachte schon nicht mehr an meine Mutter, spürte aber eine merkwürdige Melancholie und gleichzeitig eine Erregung, als wäre die Luft elektrisch geladen. Als ich das Restaurant betrat, das von Kerzen und einem offenen Feuer beleuchtet war, sah ich dich in einer Ecke sitzen. Du wirktest so verändert, so in dich gekehrt. Erst, als ich mich schon gesetzt hatte, nahmst du mich überhaupt wahr.

Ich nahm deine Hand und suchte deinen Blick, der aber rastlos umherglitt. Ich spürte, dass du aus irgendeinem Grund sehr aufgekratzt warst. So hatte ich dich nie zuvor erlebt. Ich ahnte, dass etwas dich sehr erschüttert haben musste.

„Hallo", sagtest du ungewohnt zaghaft.

„Isabella, was ist los?", fragte ich.

Du schwiegst und fuhrst dir nervös mit der Zunge über deine Lippen.

„Es ist etwas passiert", sagtest du, nachdem einige Augenblicke verstrichen waren. Ich schaute dich erwartungsvoll an. Mir wurde schlagartig bewusst, dass es um etwas gehen musste, das unser beider Leben verändern würde. Das, was es offenkundig zu erzählen gab, hieltst du aber noch für weitere Sekunden zurück, die mir in meiner Erinnerung länger erscheinen. Solange es nicht ausgesprochen war, hatte sich diese Veränderung in unser beider Leben noch nicht manifestiert. Doch du musstest es mir sagen, da es mich genauso betraf wie dich und die Wirklichkeit sich nicht davon beeindrucken lässt, dass man sie ignoriert.

„Ich bin schwanger", sagtest du hastig, als sei diese Wahrheit ein schwerer Klumpen, den du ausspucken musstest und endlich auch konntest.

Ich lachte unwillkürlich, um Ängste zu überspielen, die plötzlich auch bei mir hochkochten. „Aber Isabella, das ist doch keine Katastrophe."

„Doch, ist es. Ich bin mit Zweien schwanger. Weißt du, was das bedeutet? Wir können unmöglich weiter die Buchhandlung betreiben", sagtest du, wobei du aufgeregt mit deinen Händen herumfuchteltest.

„Aber warum nicht?", fragte ich verständnislos.

Der Kellner kam und nahm unsere Bestellungen auf, bevor du mir antworten konntest.

„Es geht nicht", wiederholtest du nur immer wieder.

Du sahst alles so schwarz an diesem Abend und ich konnte nicht durch den Panzer aus dunklen Gedanken zu dir durchdringen. Als du wieder das Wort ergriffst, sprachst du mehr zu dir selbst als zu mir. „Nein, ich muss mich woanders bewerben und einen Job finden, bevor man es sieht, dass ich schwanger bin."

Ich sah dir ins Gesicht, griff nach deinen umherrotierenden Händen und versuchte, dich aus diesem Vortex schwarzmalerischer Gedanken herauszuziehen.

„Stopp", sagte ich laut. „Erstens ist das Unsinn. Du und dein Buchladen, ihr seid unzertrennbar. Zweitens, wie lange weißt du schon von deiner Schwangerschaft?", fragte ich mit einer ungewollten Schärfe in meiner Stimme.

„Ich habe es gestern erst erfahren und ich konnte dir nicht sofort davon erzählen, weil es so furchtbar ist. Als ich hörte, dass ich schwanger bin, wusste ich, dass wir alles würden aufgeben müssen. Wir stehen vor dem Nichts." Während du das sagtest, vergrubst du deinen Kopf in deinen Armen.

Ich konnte nicht mehr sprechen. Ich saß bloß da wie ein Idiot und schwieg.

Du trocknetest dir die Augen mit der Serviette und sahst mich mit einem Blick an, den ich nicht deuten konnte. Welche Worte wären die richtigen gewesen?

„Wir stehen doch nicht vor dem Nichts. Wir haben uns und vor uns liegt etwas Neues, Unbekanntes", sagte ich. „Außerdem bleibe ich dabei. Der Buchladen wird noch in hundert Jahren existieren und du wirst darin arbeiten, bis du in Rente gehst."

„Vielleicht könntest du ...", fuhr ich fort und wurde harsch von dir angefahren.

„Nein, keine Abtreibung. Ich halte das nicht aus. Ich kann damit nicht leben."

„Nein, ich wollte doch...", setzte ich wieder an, aber du unterbrachst mich erneut.

„Ich bin so fertig. Ich bin nicht bereit für Kinder. Ich weiß nicht, ob ich es jemals sein werde, aber...", du hieltst inne, bevor du weitersprachst. „Die Wahrheit ist, ich hatte nie das Gefühl, das mir etwas gefehlt hat ohne Kinder."

Du hast weder an jenem Abend noch später jemals danach gefragt, was ich darüber dachte. An jenem Abend war mir das noch nicht aufgefallen, da ich meine Aufgabe darin sah, dir die Ängste und die Schwermut zu nehmen, die ich so nicht an dir kannte und die sich bald mit aller Macht auch auf mich legen würden. Das Bemerkenswerte daran ist, dass sich dabei an diesem Abend ein Rollentausch zwischen uns ereignet hat, den ich zuvor nicht für möglich gehalten hätte. Sonst warst du es immer gewesen, die mir die dunklen Gedanken vertrieben hatte. Dich so aufgelöst in Sorgen zu sehen, löste einen Reflex in mir aus, der mich meine eigenen Ängste für kurze Zeit vergessen ließ. Ich griff erneut nach deiner Hand, die auf dem Tisch lag, doch du hast mich zurückgewiesen.

Ich versuchte es wieder mit Worten. „Aber vielleicht wird es ja anders als du denkst. Wenn sie da sind, wirst du sie lieben und dann wird alles andere nicht mehr so wichtig sein", sagte ich.

„Gerade davor habe ich Angst. Ich habe auch Angst, dass ich sie vielleicht nicht werde lieben können. Noch mehr Angst aber habe ich davor, dass ich sie mehr als alles andere lieben werde. Diese Liebe, die Eltern ihren Kindern entgegenbringen, ist eine bedingungslose Liebe, die auf Verlustangst und endlosen Sorgen aufgebaut ist."

„Aber", warf ich ein, „ist nicht Verlustangst die Schwester jeder Liebe? Ist das nicht der Preis dafür, dass man liebt? Ist nicht jede Liebe bedingungslos?", fragte ich.

„Ich vertrage jetzt nicht noch mehr Liebe. Ich liebe dich und das hat mein Gefühlsleben schon ins Chaos gestürzt. Außerdem, Kalendersprüche helfen uns jetzt nicht weiter. Wir sitzen in der Klemme." Du unterbrachst dich und beide lauschten wir dem Prasseln des Feuers, das sich im Kamin zu unserer Seite gerade in neu aufgelegte Holzscheite hineinfraß.

„Ich habe Angst vor dem, was diese Kinder mit uns machen werden, was aus uns wird. Liebe kann wie ein gefräßiges Tier sein, dass du fütterst mit allem, was du hast und wenn du nichts mehr hast, dann gibst du dich selbst Stück für Stück, bis nichts mehr von dir übrig ist."

Ich musste an meine Mutter denken, als du das sagtest.

„Vielleicht ist sie bedingungslos, aber unser Glück ist es nicht", fuhrst du fort. „Ich habe Angst davor, dass meine Kraft nicht reicht. Ich habe Angst davor, dass ich alles tun werde, damit es den Kindern gut geht und dass ich mich dabei selbst nicht mehr spüre. Ich hatte das schon einmal, als ich mich jahrelang um meine kranke

Mutter gekümmert habe und ich mir selbst dabei immer mehr mit Gleichgültigkeit begegnet bin." Wieder unterbrachst du dich und beide lauschten wir erneut dem Feuer. Das hatte ich nicht gewusst. Du hattest mir nur so wenig erzählt von deiner Vergangenheit.

„Ich habe auch einfach Angst davor, das aufzugeben, was in den letzten Jahren mein Leben war", sagtest du. „Ich will kein gesichtsloser, fremdgesteuerter Lohnsklave werden und trotzdem in Armut leben müssen, die ich nicht abwenden kann. Du weißt selbst, was die Arbeit einer Buchhändlerin in unserer Gesellschaft wert ist und du weißt auch, wie in den letzten Jahren die Mieten in dieser Stadt explodiert sind, wenn wir überhaupt eine Wohnung finden, bei der Konkurrenz."

„Ich weiß, aber ich bin ja auch noch da. Wenn wir es gemeinsam angehen, dann schaffen wir es. Wir arbeiten halt härter, machen mehr Lesungen, machen Werbung. Vielleicht können wir auch für eine Zeit lang einen Kredit aufnehmen", sagte ich.

„Wie stellst du dir das vor mit Kindern? Wir werden mit den Kindern schon so ausgelastet sein, dass selbst der Normalbetrieb kaum aufrechtzuerhalten sein wird. Und, einen Kredit bekommen wir nicht. Das Ladenlokal ist bereits mit einer Hypothek belastet. Wenn ich es verkaufe, was ich werde tun müssen, dann reicht das Geld vielleicht für das erste Jahr."

„Der Buchladen muss erhalten bleiben", sagte ich, nun etwas ungehalten.

Du schütteltest energisch den Kopf. „Du stellst dir das alles zu einfach vor."

Wieder fand ich mich in der ungewohnten Rolle des Optimisten. „Wir werden das schaffen. Du hast viele Jahre lang mit deinem Laden erfolgreich gegen den Wandel des Zeitgeistes die Stellung gehalten. Deine Fähigkeiten und deine Stärke sind außergewöhnlich."

Du reagiertest so, als hättest du gar nicht gehört, was ich gesagt habe. „Ich kann mir nicht vorstellen, jeden Tag von morgens bis abends vor einem Rechner und einem Telefon zu sitzen und Versicherungen zu verkaufen. Ich kann mir auch nicht vorstellen, in irgendeinem Laden zu stehen und irgendetwas zu verkaufen, das nichts mit mir zu tun hat, aber das werde ich müssen. Anders geht es nicht."

Mir schoss der Gedanke durch den Kopf, dass das Leben, welches du dir in alptraumhaften Bildern ausgemalt hast, für die meisten Menschen die tägliche Realität bedeutet und dass es aus der Nähe betrachtet nicht so schlecht ist. Ich konnte mir dich aber auch nicht in einem Versicherungsunternehmen vorstellen. Du würdest dort eingehen, das wusste ich. Was aber war mit mir? Würde ich es aushalten? Die Frage drängte sich mir auf, aber ich schob sie beiseite.

„Also gut", sagte ich konsterniert. „Bewirb dich erstmal bei jeder Buchhandlung der Stadt. Vielleicht musst du ja gar nicht irgend-etwas verkaufen, sondern kannst immerhin in deinem Element bleiben, wenn auch nicht mit allen Freiheiten. Ich werde mich auch bewerben. Ich bewerbe mich auf jede Stelle, die irgendwie in Frage kommt."

Dir entfuhr ein langer Seufzer. „Ja, was bleibt uns anderes übrig", sagtest du und schautest mich dabei trübe an.

Dann kam das Essen und wir aßen beide schweigend.

*

Ich schaute dir über die Schulter, als du an deiner Bewerbung arbeitetest. Es war schon später Abend und du saßest an dem kleinen Schreibtisch in deiner Zweizimmerwohnung. Das Zimmer wurde nur ein wenig erhellt durch das Licht des Laptopbildschirms. Sonst war dies ein Ort, an dem wir Abende in Zweisamkeit auf dem Sofa bei Wein und leisem Jazz von Vinyl ausklingen ließen. Jetzt war das Zimmer in kühle Sachlichkeit getaucht. An den Wänden waren vom Boden bis zur Decke Bücher und deine Plattensammlung. Nur eine Aussparung an der Wand neben dem Schreibtisch ließ Platz für ein Originalgemälde von Rosa Bonheur. Es zeigte eine bukolische Landschaft mit einem Knecht, der einen vom Ochsen gezogenen Pflug bediente. Ich hatte das Bild, ein Erbstück von deiner Mutter, immer sehr gemocht, weil es Erinnerungen an Zeiten in mir weckte, wie ich sie mir bei Gottfried Keller erlesen hatte.

Du hattest in deine Bewerbung geschrieben, dass du deine Buchhandlung würdest aufgeben müssen und dass du deshalb eine verantwortungsvolle Tätigkeit im Buchhandel suchst.

Die Plattitüden, die du fandst, um deine Fähigkeiten zu beschreiben, spotteten deiner selbst. Du schriebst, du seist dynamisch, teamfähig und belastbar. Du gingst nicht von dir selbst aus, schufst kein Bild deiner facettenreichen Persönlichkeit, um dieses in warmen Licht wie ein schönes Gemälde zu präsentieren, sondern warfst harte Schlaglichter auf ein ganz anderes Gemälde, das einen Menschen zeigte, der so war, wie du dir den idealen Arbeitnehmer vorstelltest. Das alles las sich für mich wenig überzeugend. Zwischen den Zeilen stand in unsichtbaren Lettern: „Ich will nicht, aber ich muss. Ich verkaufe meine Seele an den Höchstbietenden."

Als ich versuchte, dir das zu sagen, klapptest du deinen Laptop zu und schautest verdrossen auf die Tischplatte. Dann wurdest du plötzlich aggressiv, so wie ich dich noch nie erlebt hatte.

„Verdammt", schriest du, „es stimmt ja auch. Ich will mich nicht auf diese Stelle bewerben. Es wäre für mich eine Qual, dort zu arbeiten, weil ich eben nicht dynamisch, teamfähig und belastbar bin. Ich bin kauzig, altmodisch, liebe Dinge, für die sich heute nur noch wenige Menschen begeistern können und ich bin glücklich dort, wo ich bin."

Ich nahm dich in den Arm und diesmal hast du mich nicht zurückgewiesen.

„Lass es erstmal bis morgen ruhen. Komm, wir gehen ins Bett", sagte ich. Ich hatte schon einige Male bei dir geschlafen, auch wenn es eng war in deinem Bett.

„Meinst du, morgen ist irgendetwas anders als heute?", sagtest du und zogst mich dabei vom Schreibtisch weg zum Sofa, wo wir uns noch für ein paar Minuten hinsetzten und in die Stille lauschten, bevor wir ins Bett gingen.

*

Als der Morgen dämmerte, entwand ich mich dem Bett und ging in das andere Zimmer, um in der Kochnische Kaffee zu kochen und Brötchen aufzubacken. Geweckt durch den Duft nach Kaffee und Brötchen, kamst du im verrutschten Morgenmantel ins Zimmer.

„Guten Morgen. Ich habe eine Idee", sagtest du zaghaft.

„Über Nacht?", fragte ich.

Du durchschrittest das Zimmer und ließest dich auf dem Sofa nieder. „Ich habe kaum geschlafen in dieser Nacht, sondern die Situation gedreht und gewendet wie Rubiks Würfel. Irgendwie muss eine Lösung zu finden sein und es gibt vielleicht auch eine. Gegen Mitternacht hatte ich dann die Idee. Danach war an Schlaf nicht mehr zu denken gewesen. Plötzlich war dort ein Weg vorgezeichnet und ich wunderte mich, warum ich nicht schon früher darauf gekommen war."

Ich unterbrach dich. „Moment, die Brötchen. Rede ruhig weiter. Ich muss bloß die Brötchen rausholen, sonst werden sie schwarz."

Während ich den Tisch deckte, redetest du weiter.

„Wie wäre es denn, wenn du zu mir zögest und wir die Kinder zumindest am Anfang hier aufziehen würden. Dann könnte das Geld reichen. Du könntest weiter bei mir in der Buchhandlung arbeiten und meine Wohnung wäre dann zunächst unser zu Hause."

Mir fiel ein heißes Brötchen aus der Hand und mein Blick muss sehr entgeistert auf dich gewirkt haben. Nachdem ich am Vorabend noch derjenige gewesen war, der mehr Möglichkeiten als Hindernisse gesehen hatte, war die Zukunft für mich an diesem Morgen nach dem Aufwachen ein nebulöses, unheimliches Gebilde. Ein Zusammenleben zu viert in dieser kleinen Wohnung, wie du es nun vorschlugst, entzog sich meiner Vorstellungskraft.

„Moment, du willst, dass ich hier einziehe und mit dir in diesen zwei Räumen zwei Kinder großziehe? Das ist doch unrealistisch", sagte ich mit mehr Härte in meiner Stimme, als dies beabsichtigt gewesen war.

„Es würde sehr eng werden, wenn wir zu viert in den zwei kleinen Zimmern lebten, aber es ist eine Möglichkeit. Es wäre ja nur vorübergehend. Wenn wir etwas mehr Geld haben, können wir natürlich in eine größere Wohnung ziehen. Gewonnen wäre damit, dass wir die Buchhandlung nicht würden aufgeben müssen. So sollte es funktionieren. Aber, natürlich nur, wenn du dir das vorstellen kannst."

„Ich..., ich..., aber...", stammelte ich, nach Worten ringend. Der Gedanke gefiel mir nicht. Unsere gemeinsame Zeit in der Buchhandlung war abgelaufen, damit hatte ich mich noch nicht abgefunden, aber es erschien mir unausweichlich. Kurz spielte ich deinen Vorschlag durch. Er würde es uns ermöglichen, die Buchhandlung, die wir beide so sehr liebten, erhalten zu können. Das Geld wäre aber derart knapp und der Raum so beengt. Ich wollte nicht, dass unsere Kinder so aufwachsen. Es kam noch etwas hinzu, was mich störte. Ich wollte dir nicht zur Last fallen. Ich wusste, dass die Buchhandlung auch ohne mich laufen würde und dachte, dass, wenn ich in der Buchhandlung bliebe, wir alle die Opfer meines Egoismus' sein würden. Ich hatte plötzlich das Bedürfnis, stattdessen als Souverän aus freien Stücken ein Opfer auf mich zu nehmen, anstatt dir zu folgen, was mich in meiner verklärten Sicht zum Schuldigen unserer Misere gemacht hätte.

„Nein", sagte ich mit Bestimmtheit. „Das will ich nicht. Ich habe aber eine bessere Idee. Ich bewerbe mich auf diese Stelle. Dann kannst du weiter deine Buchhandlung behalten und es käme genug Geld rein, damit wir in eine größere Wohnung ziehen können."

Ich spürte, wie es dich störte, wie hoffnungsvoll und bestimmt ich das sagte und wie wenig es mich zu bekümmern schien, meine Arbeit als Buchhändler an deiner Seite aufzugeben. Die Wahrheit war, dass ich mich sehr zusammenreißen musste, um nicht laut loszuheulen bei dem Gedanken daran. Mein Verstand und mein Trotz schufen Fakten und trieben mich zu einem Handeln gegen mein Gefühl und im Grunde gegen meinen Willen.

Ich ging kurz ins Badezimmer. Hier waren die einzigen Wände der Wohnung, an denen es keine Bücher gab. Während ich mein Gesicht im Spiegel betrachtete, ging mir der Gedanke durch den Kopf, dass es unmöglich wäre, hier zu viert zu wohnen. Ich dachte, dass schon für meine wenigen Toilettenartikel der Platz in dem Wandschränkchen nicht ausreichen würde. Zurück im Wohn- und Arbeitszimmer besah ich die Wände und Flächen. Im Geist platzierte ich einen Wickeltisch, eine Kommode mit Babykleidung und Utensilien, zwei Babybetten, ein Laufgitter und Kisten, angefüllt mit Spielsachen. All das müssten wir in diesem Zimmer unterbringen, dachte ich, da das Schlafzimmer dafür zu klein wäre. Das Sofa müsste raus. Es blieben nur noch an zwei Wänden Bücher, zwei Sessel, ein kleiner Tisch mit Stühlen und die Kochnische.

Wir frühstückten gemeinsam. Ich versuchte dich aufzumuntern.

„Es wird alles gut", sagte ich. „Wir werden eine Familie."

Ich überlegte, was Familie für mich bedeutete. Bis gestern hatte ich den Gedanken daran, dass ich mit dir eine Familie gründen könnte bloß ein paar Mal gestreift, ihn aber immer schnell wieder losgelassen. Es war mir nie wie etwas erschienen, das in nächster Zukunft Realität werden könnte. Wenn ich mir uns mit Kindern vorgestellt hatte, war das mehr ein Träumen von einer weit entfernten, bunten und wunderschönen Zukunft gewesen. In meiner Vorstellung war dort eine große grüne Wiese, auf der wir eine Decke ausgebreitet hatten. Darauf waren die Reste von Speisen, ein Baby hatte auf deinem Bauch gelegen und ihr beide ward eingeschlafen. In einem anderen Bild schien die Sonne durch die Fenster eines alten Hauses inmitten von Weiden. An den Balken des Fachwerks hingen kupferne Töpfe und Kränze aus Blumen. Ich holte duftende Croissants aus dem Ofen und hinter mir warst du mit dem Baby auf dem Arm und ihr beide schäkertet herum und lachtet. Du sahst immer so glücklich aus in diesen Vorstellungen. All diese Bilder hatte ich immer in die Schublade mit der Aufschrift „Später einmal" gesteckt und war glücklich über den bloßen Gedanken, dass ich diese Schublade würde öffnen können, um etwas davon in mein Leben zu holen. Das hatte ich in der Vergangenheit schon getan, indem ich dir meine Liebe gestanden und dich geküsst hatte. Es war alles sogar noch wundervoller gewesen, als ich es mir vorher ausgemalt hatte. Die Vorstellungen, die ich in die Schublade gepackt hatte, waren blass gewesen im Vergleich zu dem, was sich in der Realität für Möglichkeiten ergeben hatten. Nun hatte deine Schwangerschaft aber Fakten geschaffen. Die Schublade mit meinen Lebenswunschträumen leerte sich schlagartig. Ich würde sie neu befüllen müssen mit Träumen, die weniger rosig wären. Ich hatte zu dem Zeitpunkt noch nicht gewusst, dass auch diese weniger rosigen Träume bald nicht mehr greifbar sein würden und ich meine Erwartungen an die Zukunft immer weiter und weiter würde runterschrauben müssen.

Nach dem Frühstück setzte ich mich auf das Sofa, stellte deinen Laptop vor mich hin und schrieb meine Bewerbung an die Großbuchhandlung. Ich gab einen Gehaltswunsch an, der doppelt so hoch lag wie das Gehalt, dass du mir bis dahin hattest zahlen können. Dennoch lag er noch so niedrig, dass das Geld knapp werden würde mit einer neuen Wohnung. Besonders während der mehrmonatigen Schließzeit deines kleinen Buchladens, die, aus Gründen des Mutterschutzes und bis wir einen Krippenplatz gefunden hätten, unausweichlich wäre, würden wir von der Substanz leben müssen. Doch all das erschien mir machbar. Die Zukunft erschien mir noch immer wie ein offenes Buch, in das wir würden schreiben können. Ich sah nicht, dass viele Seiten schon mit Geschichten von Leid und Tränen bedruckt waren. Die ersten Tränen waren dann geflossen, als ich bereits vier Tage später einen Brief mit einer Absage von der Großbuchhandlung in den Händen hielt. Nach der zwanzigsten Absage, die ich auf meine Bewerbung als Bürokraft in einem Versicherungsunternehmen erhalten hatte, waren mir die Tränen schon ausgegangen. *

Du warst bereits im neunten Monat schwanger, als ich nach einem Bewerbungsgespräch endlich eine Zusage erhalten hatte. Die Tage in der Buchhandlung waren bis dahin so trist und schwer vom Abschiedsschmerz gewesen, dass es mir wie ein Erlösungsschlag erschienen war, zu etwas Neuem aufbrechen zu können.

In den Wahnsinn trieben mich auch die Unterredungen mit meiner Mutter, die mir Vorhaltungen machte, dass ich den gleichen Fehler wie sie gemacht hätte, mich zu verlieben und den Blick für die Realität zu verlieren. Meine Gefühle für sie pendelten zwischen Wut und heftigen Reueattacken hin und her. Mal versuchte ich, mich von ihr loszusagen, dann wieder kroch ich winselnd in ihren Schoß zurück, klagte ihr mein Leid und nahm ihr Mitleid und ihre beschwichtigenden Worte wie Balsam auf.

In der Buchhandlung wurden die Tage für mich unterdessen immer unerträglicher. Unter anderen Umständen wäre mir nichts lieber gewesen, als weiter dort arbeiten zu können. Mit der Gewissheit, dass dies nicht im Bereich des Möglichen lag, konnte ich aber die Trauer darüber, nicht mehr an deiner Seite und an dem Ort, den ich liebte, bleiben zu können, nicht länger ertragen. Ich versuchte mir sogar einzureden, dass es mir und vor allem uns gut tun könnte, wenn jeder von uns ein größeres Stück eigenes Leben hätte und wir nicht alles miteinander teilen würden.

Die Aussicht auf den Job, der es nach all den erfolglosen Bewerbungen geworden war, trübte meine Erwartungen an die Zukunft weiter ein. Es war eine Dreiviertelstelle als Sekretär eines Professors, der offiziell bereits emeritiert war, aber wegen seines hohen Ansehens in seiner Fachdisziplin weiterhin einen festen Platz an der Universität haben durfte. Mich hatte bereits ein ungutes Gefühl beschlichen, als ich vor dem Bewerbungsgespräch den Raum betreten und er mich über seine Brille hinweg streng angelinst hatte. Er war nicht aufgestanden, um mich zu begrüßen, sondern hatte mir nur mit einem Nicken zu erkennen gegeben, wo mein Platz war.

„Dann zeigen sie mal, was sie können", hatte er gesagt und begonnen, mir einen Text zu diktieren, den ich abtippen musste. Das war der Einstellungstest gewesen. Danach hatte er mir noch ein paar Fragen gestellt, bei denen es nicht um meine Fähigkeiten ging, sondern mit denen meine Qualitäten als Lakai und Untertan ausgelotet werden sollten.

„Es ist mir wichtig, dass sie morgens pünktlich sind, weil ich oft Termine habe und vorher noch wichtige Dinge erledigt werden müssen. Wie steht es um ihre Pünktlichkeit?", fragte er, wobei er mich weiterhin mit einem Blick von unten, schräg über den Rand seiner Brille hinweg, anschaute. „Wenn ich fünf Minuten vor Feierabend noch mit einem wichtigen Dossier zu ihnen komme, das sie am selben Tag noch durchsehen müssen, ist das ein Problem für sie?", fragte er weiter.

„Natürlich nicht", antwortete ich, wobei ich gerne ergänzt hätte, dass es den Kindern bestimmt nichts ausmachen wird, wenn sie als letzte von der Krippe abgeholt werden.

Es folgten weitere Fragen, auf die ich so antwortete, als wäre Aufopferungsgabe meine größte Tugend. Am Ende stand der Professor dann doch auf und gab mir die Hand, bevor er mich verabschiedete. Im Flur wartete niemand. Auch als ich kam, war dort niemand gewesen. Mich beschlich der Verdacht, dass ich womöglich der einzige Kandidat war, was mit der beinahe schon sittenwidrig niedrigen Eingruppierung der Stelle zu tun haben könnte.

*

Es waren drei Jahre vergangen seit dem Ende des ersten Sommers und die Buchhandlung existierte immer noch. Du verbrachtest deine Tage dort, während ich einer Arbeit nachging, die ich hasste. Wir waren in eine schäbige Wohnung am Stadtrand gezogen, die immerhin größer war als deine kleine Wohnung. Mit meiner Mutter telefonierte ich viel und jedes Mal erzählte ich ihr in allen Einzelheiten, welches Leid ich wieder habe erdulden müssen, woraufhin sie mir das gab, was ich für Trost hielt, was aber in Wahrheit eine Form des Mitleids war, die mich in meinem Selbstmitleid bestärkte und gefangen hielt.

Es gab ab und zu gute oder weniger schlimme Tage, aber dann gab es auch diese Tage oder Wochen, in denen alles in Saturns Schatten lag. Heute weiß ich, dass dies immer auch solche Zeiten waren, in denen du kraftlos warst und deine Fähigkeit nachließ, die Dinge für uns beide wieder ins Licht zu rücken. Wenn ich dann nur nicht so schwach gewesen wäre und den Glauben an eine bessere Zukunft verloren hätte. Ich brauchte immer deine

Wärme, um im Schatten nicht auszukühlen. Aber wie hätte mir das gelingen sollen an Tagen, an denen ich mich selbst kaum mehr gespürt habe, an denen ich das Gefühl hatte, dass ich mich auflöse, bis nichts mehr von mir übrig blieb. Meine Liebe zu dir wurde zusehends zu einer einseitigen Abhängigkeit.

Ich erinnere mich an einen dieser schlimmen Tage. Ich brach wie an jedem Tag um 7.15 Uhr auf, um die Bahn in die Nachbarstadt zu bekommen, mit der ich kurz vor 8.30 Uhr im Büro sein konnte. Die Fahrt dauerte deshalb so lange, weil ich morgens immer die Zwillinge mitnahm, um sie in der Kita abgeben zu können, für die ich einen größeren Umweg zu Fuß machen musste.

Der Tag begann wenig verheißungsvoll mit einem Defekt am Toilettenspülkasten. Ich betätigte die Taste zum Abziehen und nichts tat sich. Ich würde also nachmittags den Klempner rufen müssen, was allerdings im knappen Monatsbudget nicht eingeplant war. Dich hatte ich an dem Morgen nicht gesehen, weil der Buchladen erst später öffnete. Also weckte ich die Zwillinge, nachdem ich mich angezogen hatte. Es dauerte einige Minuten, bis sie aus dem Bett kamen. Während ich sie anzog, setzten sie alles daran, mir die Aufgabe zu erschweren. Wer schon mal versucht hat, einem sich windenden Oktopus einen Pullover mit acht Ärmeln anzuziehen, kann etwa einschätzen, wie es ist, zwei Kleinkinder anzukleiden.

Ich schaute auf die Uhr und wie an jedem Morgen stellte ich fest, dass wir uns beeilen mussten. Es war meine Schuld, dass die Zeit immer knapp war, aber ich brachte es aus einem fest in mir verankerten Prinzip nicht fertig, den Wecker auf eine Zeit vor 6.00 Uhr zu stellen. Auch ein Gespräch mit meinem Chef, ob wir meinen Arbeitsbeginn nicht flexibler handhaben könnten, war erfolglos verlaufen.

Ich lamentierte mit den Zwillingen, die nur mit Nörgeln und simulierten Schwächeanfällen in unbeschreiblich langsamen Tempo Folge leisteten. Ich spürte, wie ich wieder begann, zornig zu werden. Ich hatte mir gestern und vorgestern und vorvorgestern fest vorgenommen, am nächsten Tag ganz ruhig zu bleiben, aber das war vergeblich gewesen. Als einer der beiden Zwillinge dem anderen die Wurst vom Brot stahl und der andere daraufhin aufstand und den Stuhl umwarf, eine an sich harmlose Szene, wie sie jeden Tag passierte, schrie ich beide an. Ich hatte wieder verloren. In demselben Moment, in dem ich schrie, wusste ich, dass ich den Kindern unrecht tat. Ich wusste auch, dass ich mich in der nächsten Stunde sehr darüber grämen würde, in der Stunde darauf immer noch mäßig und den Rest des Tages bis zum Abend ein wenig. Irgendwann würde ich wieder mit Selbstbeschwichtigungen anfangen und mir sagen, dass ich keine Schuld trüge, da einfach alles gerade ein bisschen viel sei, dass es aber ja nur eine Momentaufnahme sei und bald die Lage besser werden würde. Wenn die beiden erstmal größer sein würden, wenn ich eine andere Arbeit gefunden haben würde, wenn ich an mir soweit gearbeitet hätte, dass ich eine innere Ruhe entwickelt hätte, die eines Zen-Meisters würdig wäre, ja, dann wäre das Leben wieder besser. So dachte ich, um nicht auf den Gedanken zu kommen, mich später vom Dach des Institutsgebäudes zu stürzen, in dem ich arbeitete.

Nachdem ich also, mich gleichzeitig unablässig mit den Zwillingen beschäftigend, eine Scheibe Graubrot mit Camembert gefrühstückt und dazu wie an jedem Morgen eine Tasse grünen Tees getrunken hatte, begann das Elend mit dem Ankleiden der Zwillinge für den Weg durch die winterliche Kälte. Diese Prozedur dauerte weitere zehn Minuten, in denen ich, nun voll Scham und schlechten Gewissens wegen meines Anfalls, bei dem ich jede Contenance verloren hatte, die Zwillinge nur noch mit kleinlauter Stimmlage ermahnte, es mir in dieser und jener Hinsicht nicht noch schwerer zu machen. Der Weg zur Kita, der dann folgte, war an dem Tag mit erstaunlich wenig Komplikationen verlaufen. Wir gingen schweigend nebeneinander her. In der Kita gab ich jedem der Zwillinge einen Kuss auf die Wange, strich ihnen sanft über das Haar und spürte kurz das Gefühl von Liebe in mir aufflackern, das ausreichte, um Sorgen und Angst, vor allem aber das schlechte Gefühl zu entwickeln, dass das Leben, das wir den beiden bieten konnten, für sie kein schönes Kinderleben war.

Meine Schwindelanfälle kamen mittlerweile regelmäßig, so auch an diesem Morgen. Nach dem Verlassen der Kita und auf dem Weg zum Bahnhof wurde mir fast schwarz vor Augen. Ich hielt kurz inne und fragte mich selbst, wie es mir gerade ging. Ich hatte gelesen, dass es Menschen wie mir, also eher sensiblen Menschen, an Selbstzentrierung fehle und es helfen könnte, täglich ein wenig in sich zu gehen, wann immer man daran dachte. Es half nicht. Die Antwort auf die Frage nach meinem Befinden beantwortete ich mir jeden Tag mit dem Satz: „Es könnte schlechter sein. Du hast immerhin eine Arbeit. Du hast zwei Kinder. Du hast eine Frau, die du mehr als alles liebst. Dieser Schwindel wird vergehen, wenn ich erstmal wieder richtig geschlafen habe." Dann erschien ich mir undankbar, dass ich das alles hatte, aber so unglücklich war. Ich übersah dabei, dass ich nicht mehr derjenige war, der über sein Leben bestimmte. Ich war getrieben von überbordenden Bedürfnissen, die nicht meine eigenen waren und Anforderungen, denen ich nicht gerecht werden konnte. In Wirklichkeit hätte die Antwort auf meine Frage lauten müssen: „Absolut beschissen, du kommst in deinem Leben nicht mehr vor und bist eine Enttäuschung für die Menschen, die du liebst, weil sie alle ein Stück von dir wollen, aber ins Leere greifen, weil du dabei bist, dich aufzulösen."

Die Bahn war wie an jedem Morgen voll. An jenem Morgen war sie sogar so voll, dass ich keinen Sitzplatz mehr fand. Auf der Strecke blieb die Bahn liegen. Sie stand eine halbe Stunde. Mich befiel eine Unrast, die ich in der Enge nur unzureichend durch Bewegung abbauen konnte. Ein Mann vor mir begann zu fluchen, ein Kind schrie, Alkoholgeruch eines Besoffenen raubte mir die Sinne und in meinem Kopf war nur noch Raum für einen Gedanken: Flucht.

Mein Chef hatte mich gebeten, am nächsten Tag pünktlich zu sein, da er noch einen Brief diktieren müsse, bevor er für zwei Tage zu einer Tagung aufbrechen wollte.

Der Empfang war frostig. Als ich die Besenkammer betrat, in der mein Arbeitsplatz war, stand die Tür zum Nachbarzimmer, dem großen holzvertäfelten Büro meines Chefs, bereits offen. Als er mich eintreten hörte, schnaubte er und kam mit trampelnden Schritten ins Vorzimmer.

„Schön, dass sie auch noch kommen", sagte er. „Na los, fahren sie ihren Rechner hoch, ich muss in zwei Stunden los und vorher muss dieser Brief noch raus."

Als ich die Textverarbeitung gestartet hatte, diktierte er mir drei Seiten in einem Tempo, dass mir beim Tippen schwindlig wurde. Mein Chef stand hinter mir und blickte mir über die Schulter. Nach etwa einer Dreiviertelstunde waren wir bei hochachtungsvollen Grüßen an den Staatssekretär angelangt und mein Chef verließ wortlos das Zimmer. Bevor er ging, übertrug er mir für die nächsten zwei Tage eine ganze Reihe von Aufgaben. Ich sollte mich um das Geschirr in der Spüle kümmern, die er in seinem Büro hatte. Am Vortag war eine Besprechung gewesen, bei der reichlich Konditorware und Kaffee konsumiert worden waren. Dann sollte ich Kopien von Textauszügen aus seinen neuen Managementschriften erstellen, die er in größerer Stückzahl an Kollegen schicken wollte, um ein wenig mit seiner Publikationsleistung zu prahlen. Für den Tag nach seiner Rückkehr trug er mir zudem auf, eine detaillierte Übersicht über den Stand des Haushalts zu erstellen, damit er für seinen Lehrstuhl eine mittelfristige Ausgabenplanung würde machen können.

„Ach ja", sagte er noch, bevor er das Büro verließ, „es wartet auch noch eine Menge Ablage auf sie. Die Korrespondenz der letzten zwei Monate darf zeitnah archiviert werden."

Ablage war überhaupt die am meisten zeitraubende und stupideste Aufgabe, die zu meinen Routinen gehörte. Die Korrespondenz meines Chefs lief zwar größtenteils elektronisch, da er der Archivierung im Digitalen nicht traute, musste ich aber jede kommende und jede ausgehende E-Mail ausdrucken. Danach stapelte er die Ausdrucke für eine Weile in seinem Büro. Durch meine Hände, durch die ich ein paar Jahre zuvor Tag für Tag literarische Juwelen habe gleiten lassen, die mit ihrem Funkeln das Innerste meiner Seele erhellt hatten, glitten nun Aktenstücke, die ich in Metern ordnerbestückter Regalwände verschwinden ließ, bis mich Schwindelgefühle zwangen, mich hinzusetzen. Das war der Schwindel, der als Begleiterscheinung der Zersetzung meiner selbst auftrat.

Nachdem der Chef das Büro verlassen hatte, trat eine Stille ein, die aber nichts Wundervolles an sich hatte. Ich arbeitete wie ein Berserker, um nach der Rückkehr des Chefs keine Standpauke erwarten zu müssen, die jeder Pennäler als entwürdigend empfunden hätte.

Nach der Arbeit hastete ich los, um rechtzeitig bei der Kita zu sein. Als ich dort ankam, hingen an den Haken der Zwillinge bereits Beutel mit vollgeschissener Kleidung. Der Heimweg war beschwerlich, da die Zwillinge sich stritten. Erst als es darum ging, nicht mehr weiterlaufen zu wollen und stattdessen einfach stehenbleiben und mit den Füßen stampfen zu wollen, waren sie sich einig. Ich wurde wieder laut, auch wenn ich keine Kraft mehr hatte. Ich bekam eine absurde Angst, dass ich es nicht schaffen würde, die beiden zum Weiterlaufen zu bringen und dass mir die Beine in der Kälte so steif würden, dass ich selbst nicht mehr laufen könnte und erfrieren müsste. Die Umwelt, alles um mich herum, einschließlich der Zwillinge, erschien mir so feindselig, so fremd und nicht zu meinem Leben gehörig. Ich wäre am liebsten einfach davongerannt, hätte mich zu Hause verbarrikadiert und mich unter der Decke verkrochen, um nichts mehr sehen und hören zu müssen. Aber ich schrie und etwas in meinem Tonfall schien den Zwillingen zu zeigen, dass ich es ernst meinte. Sie setzten sich wieder in

Bewegung und liefen still vor mir her, bis wir zu Hause waren.

Als ich die Tür öffnete, empfing mich das übliche Chaos. Überall lagen Sachen herum und der Boden starrte vor Dreck. Ich platzierte die Zwillinge vor dem Fernseher und nahm den Staubsauger. Ich machte erst eine Pause, als mir wieder so schwindelig war, dass ich mich setzen musste. So war es auch an den Tagen davor gewesen. Ein bisschen Dreck hatte ich täglich beseitigt, aber es war weniger Dreck als der, der täglich neu entstand. Die Zwillinge schrien nach Essen und Trinken. Ich machte ihnen Brote und goss ihnen Wasser mit einem Schuss Saft ein. Dabei entglitt mir die Flasche, sodass ich eine Weile mit Aufwischen beschäftigt war. Einer der Zwillinge begann zu trinken. Als der andere sagte, der Saft sei eklig, wollten beide etwas anderes haben. Es war aber nichts da. Also schimpfte ich, bis beide weinten. Ich fühlte mich schlecht und strich ihnen über die Köpfe, mich entschuldigend. Dann kümmerte ich mich um die Wäsche. Als ich das Badezimmer betrat, in dem auch die Wachmaschine stand, stach mir Uringeruch in die Nase und erinnerte mich daran, dass die Klospülung defekt war. Darum würde ich mich noch kümmern müssen.

Die Kleidung der Zwillinge war so voll mit Brocken von Kot, dass ich sie zuerst in der Dusche auswaschen musste, bevor ich sie in die Waschmaschine stecken konnte. Aus dem Wohnzimmer hörte ich Geschrei. Ich reagierte zuerst nicht darauf. Erst, als es lauter wurde, ging ich hin und sah, dass einer von den Zwillingen am Boden lag und der anderen auf ihm saß. Es kostete einige Mühe, die beiden auseinanderzubringen.

Dann packte mich wieder schlechtes Gewissen. Die Zwillinge vor den Fernseher zu setzen, hatte nichts mit guter Erziehung zu tun. Also machte ich den Fernseher aus und provozierte damit erneut Geschrei und Geheul.

„Kommt, lasst uns mal etwas basteln" sagte ich, obwohl ich kaum etwas mehr hasse, als zu basteln.

„Nein, du Eierloch", kam prompt die Antwort.

„Och kommt, wir können ein schönes Haus aus Buntpapier basteln", versuchte ich es erneut.

„Na gut", sagte einer der Zwillinge.

Der andere schrie, dass er keine Lust habe.

„Also dann machst du eben nicht mit", sagte ich und wusste, dass es so nicht funktionieren würde. Dennoch kramte ich in der Schublade nach dem Buntpapier. Es war dort vor ein paar Tagen noch gewesen. Dann fiel mir ein, dass du es mitgenommen hattest, weil du damit etwas für die Präsentation von Winterkitsch in deiner Abteilung basteln wolltest.

Ich konnte nicht mehr. Ich war fertig und in mir war nur noch ein tiefes schwarzes Loch mit ausgefransten Kanten. Der Tag ging noch zwei Stunden so weiter, bis du gegen 20 Uhr von der Arbeit kamst. Das war an vier von fünf Tagen der Woche die Zeit, zu der du nach Hause kamst. Die Zwillinge hatte ich gerade ins Bett gebracht. Das war katastrophal verlaufen. Sie taten immer das Gegenteil dessen, was man von ihnen verlangte. Jetzt hörte man sie noch herumtoben, aber das würde warten müssen. Als du kamst, setztest du dich hin, blass, mit leerem Gesichtsausdruck, und begannst zu weinen. Ich fragte, was denn los sei, dabei wusste ich es.

„Es ist nichts", sagtest du, versucht, die Fassung wiederzuerlangen. „Ich bin traurig, dass ich die Kinder so selten sehe."

Du littest darunter, nicht die Mutter sein zu können, die du gerne hättest sein wollen, weil wir uns sonst die Miete nicht hätten leisten können.

In der Nacht übergaben sich beide Kinder und ich wusste, dass dies die nächste Magen-Darm-Grippe war, die mit der Sicherheit von Naturgesetzen in den nächsten Tagen auch mich befallen würde.

*

Manchmal verliefen die Tage anders. Manchmal gab es schöne Tage. Es war Samstag und du schliefst noch. Obwohl die Morgendämmerung sich bereits ankündigte, war es auch im Zimmer der Zwillinge noch ruhig. Ich betrachtete dich im Schlaf, so wie ich es vor der Geburt der Zwillinge oft getan hatte. Nach ihrer Geburt hatte ich damit aufgehört. Das Bett war seitdem kein Ort für Muße und Sinnlichkeit mehr gewesen, sondern diente nur noch der Befriedigung des elementarsten Bedürfnisses nach Erholung.

Um deine Augen war eine ungesunde Bläue, die damals in Málaga noch nicht gewesen war. Ich sah die Anspannung deiner Kiefer und hörte ein Knirschen von deinen Zähnen, als wäre dort ein Mahlwerk, das die Sorgen zu feinem Sorgenmehl verarbeitete. Als mir das Wort Sorgenmehl einfiel, erinnerte ich mich, wie sehr ich es früher gemocht hatte, Wortneuschöpfungen zu kreieren und so unserer Welt etwas hinzuzufügen, das nur für uns existierte. Sorgenmehl hätte dir gefallen. In unserer relativen Unbekümmertheit, als wir noch nur für uns verantwortlich gewesen waren, hatte es auch wirklich noch so geschienen, als könne man alle Sorgen so sehr zerkleinern, dass man nur in den Wind hinaustreten müsse, damit sie in alle Richtungen zerstoben.

Ich strich dir durchs Haar und legte dein Ohr frei. Wie lange hatte ich dort schon nicht mehr sachte hineingepustet oder bin mit meiner Zungenspitze über deine Ohrmuschel gefahren? In diesen Momenten spürte ich etwas, das ich fast verloren geglaubt hatte. Ich spürte zum ersten Mal nach der Geburt der Zwillinge wieder Lust. Es war keine bloße Regung des Geschlechtstriebs, der auch bei starker Erschöpfung seinen Tribut einforderte. Diesem Trieb waren wir mit hastigem Sex oder meistens mit Selbstbefriedigung begegnet, ohne dabei die freudvolle Lust zu empfinden, für die es eines Überschusses an Lebenskraft und einer Leichtigkeit des Seins bedarf. Eine solche Lust empfand ich aber an jenem Morgen, als ich dich schlafen sah und alles um uns herum ruhig war. Ich zupfte an deinem Ohrläppchen, wissend, dass ich dir den Schlaf und damit etwas so kostbar Gewordenes raubte. Den Moment der Lust wollte ich nicht verstreichen lassen. Ich wollte nicht, dass die Zwillinge aufwachen und mit ihrem Geplärre alles zerstören würden, bevor ich den Moment mit dir teilen konnte. Du stöhntest unwillig, doch als ich dich auf den Mund küsste, schlugst du überrascht die Augen auf und erwidertest meinen Kuss. Ich betastete deinen Körper und es geschah seit langem zum ersten Mal wieder der wundersame Vorgang in unseren Köpfen, bei dem alles auf Neubeginn geschaltet zu werden schien. Nur die Lust kann eine Neugierde auf etwas, das man längst kennt, immer wieder neu entfachen. Dich betasten und ansehen zu wollen, als wäre es das erste Mal und als würde nichts anderes mehr eine Bedeutung haben, das ist die Sensation dieser Neugierde auf das Vertraute. Wir hatten Sex und wir spürten beide diese Lust. Die Zwillinge ließen es zu, dass wir kurz aus unserer sorgenbefrachteten Wirklichkeit austraten, indem sie ungewöhnlich spät aufwachten.

Als wir sie hörten, gingen wir gemeinsam zu ihnen und holten sie zu uns rüber in unser Schlafzimmer. Dort ließen wir sie auf den Betten toben und lachten und spielten mit ihnen. Du hast ein Ungeheuer gemimt und ich musste immer lachen, wenn du so getan hast, als wolltest du die Zwillinge einfangen. Dabei hast du dich absichtlich so ungeschickt angestellt, dass sie dir immer wieder entwischt sind.

Während du noch mit den Zwillingen spieltest, zog ich mich an und verließ das Schlafzimmer. An diesem Tag schien wieder alles möglich zu sein. Wir frühstückten lange und gingen danach ins Freie, ausgestattet mit einer Picknickdecke. Wir waren empfänglich für kleine Freuden und ich vergaß sogar kurz meine Arbeit. Mit der Abenddämmerung überkamen mich aber wieder meine Sorgen und mein Gemüt verfinsterte sich.

*

Die guten Tage waren allzu spärlich gesäte Samen, die nur auf verdorbenen und schattigen Grund fielen. Die bitteren Früchte, die unser Leben uns eintrug, nährten uns nicht ausreichend und Tag für Tag ließen unsere Kräfte und unser Lebensmut ein wenig mehr nach. Wir verschoben das Glücklichsein ins Irgendwann und achteten nicht mehr auf uns. Wenn wir nicht arbeiteten, waren dort die Zwillinge, für die wir zu Mutter und Vater wurden, ohne zu merken, dass wir dabei vergaßen, einmal so viel mehr als das gewesen zu sein. Wir waren vorher zwei Menschen gewesen, die sich geliebt haben und denen ihre Liebe zueinander doch jede Freiheit gelassen hatte. Wir waren zu zwei Menschen geworden, deren Liebe zu einem Verlies geworden war, in dem jeder in seiner Zelle sein eigenes Leid trug. Ich litt daran, dass ich keinen Daseinsgrund mehr in mir selbst fand, sondern mein Leben zu einer bloßen Funktion deiner und der Zwillinge Erwartungen an mich geworden war. Zu funktionieren von morgens bis abends, zu duschen, nur um sauber zu werden, mich anzukleiden, nur um irgendetwas am Leib zu haben, zu laufen, nur um hastig Ziele zu erreichen, zu arbeiten, nur des Geldes wegen, zu Kochen, nur um Mäuler zu stopfen, dich zu küssen, nur um eine ferne Erinnerung an Liebe kurz wachzurufen, ins Bett zu gehen, nur um zu schlafen, zu denken, nur um den Alltag zu bestreiten - das alles höhlte mich aus, ließ meinen Geist veröden und führte letztlich zu dem Absturz ins Bodenlose, der unser beider Leben nachhaltig verändern sollte.

Dein Leiden war subtiler und doch nicht weniger gegenwärtig. Dir blieben anfangs noch die Freuden deiner Arbeit, aber du musstest mitansehen, wie außerhalb dieses Refugiums alle zarten Pflanzen verdorrten, die dir zuvor das Glück bedeutet hatten. Wenn du nach Hause kamst, drehte sich alles nur noch um die Zwillinge und wenn du zur Arbeit gingst, plagte dich zunehmend das schlechte Gewissen, als Mutter zu wenig für sie da sein zu können. Hinzu kam, dass mein Leid bald zu deinem Leid wurde, weil in der Liebe nicht der eine glücklich sein kann, wenn der andere es nicht ist.

Mein Leid fand seinen Kulminationspunkt in einem Martyrium aus Panikattacken, Ängsten vor allem und jedem und einem Unwillen, so weiter am Leben zu bleiben. All die Warnsignale, die es früh schon, kurz nach der Geburt der Zwillinge, gegeben hatte, hatte ich in den Wind geschlagen. Die Gespräche mit meiner Mutter drehten sich immer nur um mich und mein Leid oder um sie und ihr Leid. Nur selten sahen wir uns und sie lehnte es strikt ab, die Kinder auch nur für ein paar Stunden zu sich zu nehmen und uns damit ein wenig zu entlasten.

Den häufig wiederkehrenden Schwindel hatte ich auf meine Müdigkeit zurückgeführt. Abends im Bett hörte ich ein Pfeifen in meinen Ohren. Das hatte ich als allgemeines Stresssymptom abgetan, das sich schon wieder legen würde, wenn mein Leben erst einmal eine Wendung zum Guten genommen hätte. Die häufigen Kopfschmerzen ließen sich gut mit Tabletten in den Griff bekommen. Das hatten zudem andere Leute, die ich kannte, auch. Schlaflosigkeit deutete ich als Folge von Bewegungsmangel. Die innere Anspannung, die sich anfangs noch in den Abendstunden legte, beunruhigte mich nicht weiter. Erst als ich eines Nachts aufwachte und mein Puls ohne erkennbaren Grund begann zu rasen, gingen mir die Selbstbeschwichtigungen aus. Ich schnellte aus dem Bett hoch und ging in den Nebenraum. Es wurde nicht besser, nur immer schlimmer. Ich spürte schon keine einzelnen Herzschläge mehr und konnte nur noch einen Gedanken fassen:

„Dein Herz ist stehengeblieben. So fühlt es sich also an zu sterben."

Ich hatte nie davon gehört, dass Menschen sich alleine kraft ihrer Gedanken in eine solche Todespanik hineinsteigern können. Dieses Erlebnis war bis dahin das schlimmste meines Lebens gewesen und es sollte sich in den Nächten darauf wieder und wieder genauso ereignen. Bald griff auch tagsüber die Panik um sich und ich traute mich nicht mehr, in die Bahn zu steigen, weil ich darin zuvor einen Anfall einer panischen Klaustrophobie erlebt hatte. So wurden Stück für Stück Areale meines Alltags mit solchen Ängsten besetzt, mit denen mir mein Körper und Geist gewaltsam die Fähigkeit nahmen, das zu tun, was mich in diesen Zustand des Ausgebranntseins befördert hatte. Dieser Rundumschlag nahm mir aber auch jede andere Fähigkeit, darunter auch die, etwas in meinem Leben zu ändern. Ich wurde lethargisch und unzugänglich und ließ dich allein in Schrecken und Ratlosigkeit zurück.

Du hast in den drei Wochen, die seit meinem ersten Panikanfall vergangen waren, immer wieder versucht, zu mir durchzudringen. Am Abend einer dieser Tage, an denen du den Laden nicht öffnen konntest, weil es mir so schlecht gegangen war, hast du mich angefleht, endlich etwas zu tun gegen den Dämon, der mich befallen hatte. Ich hatte den Nachmittag im Bett verbracht, in dem Glauben, dass nur viel Ruhe mich kurieren könnte. Als die Zwillinge nebenan zu laut geworden waren und mich aus dem Schlaf gerissen haben, war die Wut in mir aufgestiegen und ich hatte geschrien. Als ich abends zu dir rüberkam, um etwas zu essen, hattest du die Zwillinge schon in ihre Bettchen gebracht, die in einer Ecke des Zimmers standen. Dein Blick war matt und um deine Augen hatten sich tiefe Ringe eingegraben.

Du stelltest eine Frage in den Raum, ganz leise flüsternd und doch so eindringlich mit flehentlichem Timbre, dass ich eine Betroffenheit wie einen physischen Schmerz spürte. „Was ist mit uns geschehen?", sagtest du bloß.

Ich schlich zu dir und setzte mich dir gegenüber an den Tisch.

„Was ist mit uns geschehen?", wiederholte ich, auch flüsternd, um die Zwillinge nicht zu wecken. Ich ließ meine Hand über den Tisch gleiten und legte sie auf deine Hand, die du vor dich auf die glatte Holzoberfläche gelegt hattest. Ein Moment, in dem die Angst, die zu einem ständigen Begleiter geworden war, ihren Griff lockerte. Ich sah kurz in aller Klarheit, welches Unglück ich über uns gebracht hatte. Ich fühlte mich schrecklich schuldig.

„Bitte, tu etwas. Lass dir helfen", sagtest du.

„Ich bin krank und die Ärzte wissen mir nicht zu helfen", sagte ich, wobei ich sachte den Kopf schüttelte.

„Du bist krank, aber du willst nicht erkennen, dass es eine Krankheit des Geistes ist und nicht des Herzens oder der Schilddrüse oder...", sagtest du und verstummtest mitten im Satz.

Als ich antwortete, wurde meine Stimme unwillkürlich lauter und gereizter. „Ich habe Herzschmerzen, mein Bauch krampft, meine Arme sind taub und weder mein Hausarzt noch der Kardiologe haben irgendetwas gefunden. Da muss es aber etwas geben. Wenn Ärzte nicht mehr weiterwissen, dann verdecken sie ihre Blöße, indem sie alles auf die Psyche schieben. Ich glaube einfach nicht daran. Andere Menschen bekommen doch auch nicht so etwas, wenn in ihrem Leben eine Zeitlang nicht alles glatt läuft."

Du schautest mich verzweifelt an, in der bösen Vorahnung, dass die Unterhaltung wieder die gleiche Richtung einnehmen würde wie am Tag zuvor und am Tag davor. Ich habe immer meine Stacheln ausgefahren, wenn ich mich unverstanden gefühlt habe. Ich habe nicht erkennen wollen, wie es um mich stand. Eher wollte ich mich mit der Tatsache abfinden, dass ich todkrank war, als mir einzugestehen, dass ich innerlich völlig ausgebrannt war, ein Leben geführt hatte, das mir nicht gemäß war und dass der Vergleich mit anderen, denen es in ähnlichen Situationen vielleicht nicht so ergangen war, immer in die Irre führte.

Deine böse Vorahnung bewahrheitete sich nicht. An diesem Abend war das Gespräch anders verlaufen. Du fandst intuitiv einen anderen Hebel, um den Verschluss zu knacken, und so weit in meinen Geist eindringen zu können, um dort eine Saat für heilbringende Erkenntnis legen zu können.

„Du bist nicht wie andere Menschen", sagtest du. „Ich liebe dich so sehr, weil du nicht so bist."

Ich wollte dich schon unterbrechen und abkanzeln mit der Bemerkung, dass doch jeder Mensch auf seine Weise einzigartig sei und es vermessen sei, sich für etwas Besonderes zu halten. Ich blieb aber stumm und hörte dir bloß zu, weil etwas in mir sich danach sehnte zu hören, was mich für dich einzigartig machte. Das rührte etwas in mir an. Als du fortfuhrst, war ich froh, dir nicht über den Mund gefahren zu sein.

„Ich weiß, was du jetzt denkst. Jeder Mensch ist einzigartig. In dir sind Eigenschaften vereint, die dich zu einem so wundervollen, einfühlsamen Menschen machen. Aber, ich fürchte, dass dieselben Eigenschaften, die deine ganz große Stärke sind, dich eben auch anfällig machen für diese Krankheit, unter der du jetzt leidest. Ich glaube, dass du immer das Beste für uns willst und daran zerbrichst."

Du sprachst das aus, was ich täglich empfand, ohne es je in Worte gefasst zu haben. Ich wollte immer das Beste für Dich und die Kinder und war bereit, mich dafür selbst zu verleugnen. Ich ging einer Arbeit nach, in der ich keine meiner Stärken ausspielen konnte. Meine hohe Sensibilität, im

Umgang mit Kunden eine wertvolle Fähigkeit, war zu einer Schwäche geworden. Meine Liebe zu Zwischentönen und die ausgeprägte Abneigung gegenüber jeder Pedanterie waren zur Fehlerquelle geworden, die mich das Vertrauen meines Chefs gekostet hatte. Meine Fantasie, einst blühend in bunter Pracht, alle meine Leidenschaften, mein romantisches und mein erotisches Empfinden waren ein verdorrter Strauß von Trockenblumen geworden, auf dem sich eine dicke Staubschicht gebildet hatte. Du hattest so Recht.

Ich sah dich an und nickte bloß. Ich hatte nichts zu erwidern. Das Gefühl, dass dieser Moment eine Bedeutung von größerer Tragweite hatte, setzte dann schlagartig ein und ging mit einer Klarsicht einher, wie ich sie seit langem nicht gehabt hatte.

Ich wusste plötzlich, was geschehen musste. Zumindest sah ich den Anfang eines verheißungsvollen Weges. Ich hatte zugelassen, dass das Schicksal über mich hereingebrochen war und hatte die Verantwortung über mein Leben abgegeben. Ich hatte Kinder bekommen, hatte den am meisten geliebten Beruf durch berufliche Selbstkasteiung ersetzt und nichts mehr getan, was mir hätte Freude bereiten können. Das alles habe ich als Schicksal aufgefasst. Darin aber lag ein folgenschwerer Fehler.

Verantwortung, so schien es mir, war dabei ein wichtiges, wenn nicht das zentrale Schlagwort. Ich hatte übersehen, dass ich auch noch für mich selbst verantwortlich war. Ich hatte diese Verantwortung nicht mehr wahrgenommen vor lauter Verantwortung für die Kinder und für den Zusammenhalt der Familie. Jetzt erkannte ich diese Verantwortung mit einem Mal und sah auch, dass ich Hilfe brauchte, um ihr gerecht werden zu können. Mein erster Schritt, wieder mehr Verantwortung für mich zu übernehmen, musste sein, nach dieser Hilfe zu suchen und sie dann auch anzunehmen. Ich musste erstmal wieder auf die Beine kommen, wieder Kraft schöpfen und lernen, mit den Ängsten umzugehen. Ich musste in mein Leben zurückfinden und das konnte ich nicht alleine.

Anders, als an den meisten anderen Abenden, rief ich nicht mehr meine Mutter an. Ich hatte ihr Mitleid so satt.

*

Ich trommelte nervös mit den Fingern auf die Sessellehne im Warteraum der psychotherapeutischen Praxis von Frau Dr. Sekida. Du hattest mich, angesichts meines raschen seelischen Verfalls, dazu gedrängt, so schnell wie möglich einen Therapieplatz zu finden und ich habe die Telefonnummer der Therapeutin gewählt, die du mir herausgesucht hattest. Bald darauf wurde mir auch klar, weshalb du gerade sie gewählt hast. Als ich im Internet ihr Profil las, kam mir unsere kurze Unterhaltung über den Zen-Gedanken wieder in Erinnerung, die wir in unserem ersten gemeinsamen Sommer geführt hatten.

Als ich die hölzerne und deutlich erhabene Türschwelle zwischen dem Wartebereich und dem Behandlungszimmer übertrat, sah ich als erstes die kalligrafischen Tuschezeichnungen an den Wänden. Sie waren alt und in der Tradition der japanischen Shodō gefertigt. Ein Bild stach heraus. Es zeigte einen unvollkommenen Kreis, ebenfalls mit Tusche auf Papier gemalt. Trotz seiner ansonsten kargen Möblierung strahlte der Raum Behaglichkeit aus. Mir schien, dass die Schwelle, die ich soeben übertreten hatte, eine Trennlinie war zwischen der Welt da draußen mit ihrem Lärmen und Tosen und einem Innenraum, der Schutz bot. Als ich mich weiter umsah, wunderte ich mich, dass Frau Dr. Sekida nirgendwo zu sehen war. Sie hatte doch vor einer kurzen Weile noch meinen Namen ausgerufen und der Raum hatte nur die eine Tür.

Ich blieb auf der Stelle stehen und schaute erneut in alle Ecken des Raums. Da der Tisch ein einfacher Holztisch mit vier Beinen war, konnte sie sich auch dort weder dahinter noch darunter verstecken. Dann wurde ich eines sehr leisen Flüsterns gewahr, das von überallher zu kommen schien. Ich konnte einige Sätze verstehen. Einer lautete: „Wasser erwärmt sich langsam und kocht ganz plötzlich." Kurz überlegte ich, ob meine Sinne mich vielleicht täuschten oder ob ein merkwürdiges Spiel mit mir gespielt wurde. Dann ging es weiter: „Das innere Licht ist jenseits von Lob und Tadel. Es ist grenzenlos wie der

Raum." Dann erneut: „Ohne angstvolle Gedanken kommt alles Tun aus dem Sein." Ich erstarrte und spürte einen Anflug von Panik. Es fühlte sich an, als würde eine höhere Macht in mein Innerstes schauen und all meine Schwächen auf einmal erkennen. Dann öffnete sich eine Luke in der linken Wand. Heraus trat eine zierliche alte Frau mit ergrautem Haar und einem eigenartig bübischen Lächeln.

„Ich bin Dr. Sekida. Schön, sie hier zu haben. Setzen sie sich", sagte sie mit freundlicher Stimme.

Meine Panik verflog, als ich gegenüber von Frau Dr. Sekida platznahm. Ich lauschte und hörte noch immer das leise Flüstern. „Wisse, dass du im Leben schon stirbst", war einer der Sätze, die ich vernahm.

„Oh, stört sie das leise Flüstern im Hintergrund? Ich habe Kōans aufgezeichnet und lasse sie während der Sitzungen immer laufen, wenn die Patienten nichts dagegen einzuwenden haben."

Das, was ich hörte, waren also Kōans. Ich hatte eine vage Erinnerung daran, vor vielen Jahren ein Büchlein mit Kōans in den Händen gehabt zu haben. Ich hatte ein wenig darin gelesen und es aber schnell wieder weggelegt, da ich mit Dichtung im Allgemeinen weniger anzufangen wusste als mit Romanen. Jetzt stellte ich auch den Zusammenhang her zu den Tuschezeichnungen an den Wänden, vor allem mit dem geöffneten Kreis. Ich erinnerte mich, dass dies das Symbol für den Zen-Buddhismus ist, aus dessen Tradition auch die Dichtung in Kōans stammt.

„Nein, es stört mich nicht, aber weshalb…" fing ich an, ohne den Satz zu beenden."

„Weshalb die Kōans? Es sind Botschaften für dein Unterbewusstsein", sagte sie. Sie duzte mich und es erschien mir nur natürlich.

„Die Kōans sind wie Samen mit einer harten Schale. Manche liegen Jahre auf trockenem Grund und irgendwann gehen sie auf und enthüllen ihr Innerstes. Das passiert immer dann, wenn du plötzlich zu einer Erkenntnis gelangst, ohne zu wissen, woher sie kommt. Danach siehst du die Dinge immer ein wenig anders als vorher."

„Ich habe einen Satz gehört, der mich berührt hat, auch wenn ich ihn noch nicht ganz verstehe", sagte ich. „Es ging dabei um Angst, die dazu führt, dass das, was man tut, nicht aus dem Sein kommt", fuhr ich fort.

„Du bist hier, weil du unter Ängsten und Panik leidest, aber mehr weiß ich noch nicht über dich. Bevor ich dir erzähle, was ich mit dir vorhabe, möchte ich erstmal etwas von dir hören. Erzähle mir doch einfach mal, warum du hier bist", sagte sie.

Ich erzählte ihr in aller Breite, was mir wiederfahren war, seitdem ich dich kennen gelernt habe. Ich schilderte ihr, dass mein Leben sich heute so leer anfühlte, ich mich an nichts mehr erfreuen konnte, wie sehr ich unter meiner Arbeit litt und wie schlecht es mir in den letzten Wochen ergangen war.

Dr. Sekida nickte ab und zu. Als ich geendet hatte, erhob sie das Wort. „Mit dem Kōan, den du aufgegriffen hast, haben wir bereits einen guten Punkt gefunden, um anzusetzen. Es geht in dem Kōan um angstvolle Gedanken, also um solche Gedanken, die jeder jeden Tag zuhauf hat. Zu viel Denken bedeutet, dass der Geist sich loslöst vom Körper, von der Wahrnehmung dessen, was tatsächlich ist. Der Weg des Denkens führt immer zu Annahmen und Prognosen, die nie ganz dem entsprechen, was wirklich eintreten wird. Oft liegen sie sogar sehr weit davon entfernt. Trotzdem können sie dein ganzes Dasein bestimmen. Wenn das Tun aus dem Sein kommt, dann ist, im Umkehrschluss zu dem Kōan kein Raum für angstvolles Denken mehr. Ziel dieser Therapie wird es daher sein, deinen Geist, der sich zu sehr verselbstständigt hat, zur Ruhe zu bringen. All den falschen Erwartungen, negativen Annahmen von dem, was sein wird und den Ängsten, die daraus entstehen, musst du mehr Sein entgegenstellen. Dein Gehirn denkt unablässig. Es kann nichts anderes. In westlichen Kulturkreisen gilt das, was der Mensch denkt, mehr als das, was er fühlt und wahrnimmt. Das kann schnell zu Entscheidungen führen, die nicht deine eigenen sind. Im Zen würde man sagen, du hast die Verbindung zu deinem Hara, also dem Zentrum deiner Lebensenergie, verloren und bist daher orientierungslos geworden. Mit anderen Worten sollst du lernen, mehr auf dich zu achten, dich selbst zu lieben und ein Gleichgewicht zwischen Körper und Geist herzustellen."

Sie fuhr noch eine Weile fort, Gedanken vor mir auszubreiten, die mir eine bunte Mischung aus fernöstlicher Philosophie und wissenschaftlich fundierter Psychologie zu sein schienen. Manchen dieser Gedanken konnte ich durchaus etwas abgewinnen, nur war ich noch immer pessimistisch, dass es ihr gelingen könnte, mich aus dem angsterfüllten Denken herauszuführen. Dann sagte sie etwas, das mir aber so zentral erschien, dass es mich innerlich aufrüttelte.

„Festgefahrenes Denken lässt sich nicht mit Denken und immer weiterem Denken lösen, sondern nur, indem man davon ablässt. Die Schwierigkeit besteht darin, dass du nur deinen Verstand als einziges Werkzeug kennen gelernt hast, das du immer dann verwendest, wenn es irgendwo klemmt in deinem Leben. Was aber ist, wenn dieses Werkzeug selbst sich verkeilt hat? Dann brauchst du etwas anderes als deinen Verstand", sagte sie.

Am Ende der Sitzung stellte sie mir ein paar ganz konkrete Fragen zu meinem Lebenswandel. Es war nichts Ungewöhnliches an diesen Fragen und doch hatte ich das Gefühl, dass sie damit in tiefe Wunden fasste.

Sie fragte mich, wann ich zum letzten Mal Freunde getroffen habe, ob ich mir Zeit nähme, um meinen Hobbies und Interessen nachzugehen, ob ich in die Natur hinaus ginge und zuletzt, ob ich irgendetwas unternähme, um meine spirituellen Bedürfnisse zu erfüllen.

Ich verneinte. Die Erwähnung spiritueller Bedürfnisse ließ mich erneut an der Seriosität von Frau Dr. Sekida als Psychotherapeutin zweifeln, aber mit manchen Gedankengängen hatte sie bereits etwas in mir angestoßen und im Internet hatte ich nur Positives über sie gelesen. Deshalb beschloss ich, bei ihr in Therapie zu gehen. Sie verabschiedete mich mit den Worten: „Dass du dich wie ein Fremder in einem Leben fühlst, das nicht deins ist, sollte dich nicht wundern."

*

Es wäre zu viel gesagt, dass bereits die erste Sitzung bei Frau Sekida mein Leben grundlegend verändert hätte. Ich begann aber wieder zu hoffen, dass die Angst nicht mein Schicksal sein muss. Der Tag, der auf die erste Begegnung mit Frau Sekida folgte, war ein Samstag. Ich war morgens aufgewacht und mein erster Gedanke war nicht mehr der, wie ich bloß den Tag überstehen würde. Stattdessen sah ich die Sonne durch die Ritzen des Rouleaus scheinen und in mir formte sich der verwegene Gedanke, dass ich heute rausgehen würde, um mich der Angst zu stellen. Zuerst würde ich einen Spaziergang machen. Ich würde zum Bäcker und zurückgehen, um uns Brötchen zu holen, so wie früher. Nach dem Frühstück würde ich den kleinen Hügel hinunterlaufen bis zur Straßenbahnhaltestelle. In meiner Vorstellung sah ich mich erhobenen Hauptes in die Bahn steigen, mich hinsetzen und aus dem Fenster sehen, ganz ruhig, so wie früher. In der Stadt würde ich durch die Fußgängerzone laufen, nein schlendern, und vor Schaufenstern stehen bleiben, so wie früher. Ich sah mich eine Buchhandlung betreten und auf das Neuheitenregal zusteuern. Mir fiel auf, dass ich seit der Geburt der Zwillinge kein einziges Buch mehr ausgelesen hatte und gar nicht mehr im Bilde war, was auf dem Buchmarkt in der Zwischenzeit alles geschehen war. In meiner Vision schmökerte ich in den Novitäten und interessierte mich dafür, was dieser oder jener Autor Neues geschrieben hat, so wie früher. An dem Punkt überkam mich eine Traurigkeit, weil ich wusste, dass meine Fantasie, wie der Tag verlaufen könnte, eine Fantasie bleiben würde. Schon die Fahrt mit der Bahn wäre eine Qual und wahrhaftig Interesse für etwas zu empfinden, hatte ich verlernt. Diese Gefühlsregung, mich für etwas zu interessieren, war nur noch eine Erinnerung an Zeiten, in denen die Angst vor der Angst mir noch fremd gewesen war.

*

Ich hatte in den letzten zwei Wochen im großen Schlafzimmer alleine geschlafen, während du die Nächte mit den Zwillingen im Kinderzimmer verbracht hattest. Ich spürte deine Verzweiflung und Hilflosigkeit angesichts meiner Krankheit, an der sich trotz des kleinen Hoffnungsschimmers im Alltag noch nicht viel geändert hatte. Auch sah ich, dass du vor lauter Anspannung zittertest, als du den Tisch decktest. Deine Kräfte schwanden. Ich war dir keine Hilfe, weder mit den Zwillingen, noch im Haushalt. Hinzu kam die Angst, dass ich meinen Job verlieren würde, wenn ich noch länger krankgeschrieben wäre. Das Sekretariat konnte nicht dauerhaft verwaist bleiben. Es war nur immer schlimmer geworden, seitdem ich vor etwa drei Wochen das letzte Mal zur Arbeit gegangen war. Die Hilflosigkeit, die ich bei dir spürte, lastete schwer auf mir, noch zusätzlich zu der selbst empfundenen Hilflosigkeit, nichts gegen meinen inneren Verfall tun zu können. Je mehr ich dir meine eigene Hilflosigkeit nicht mehr länger antun wollte, desto schwerer empfand ich diese Last.

Dieser Teufelskreis hatte noch zu meinem inneren Verfall beigetragen. Hinzu kamen die bitteren Selbstvorwürfe, die ich mir machte, wenn ich dein Leid sah und gleichzeitig mich bedauerte, obwohl ich doch der Ursprung deines Leids war.

Ich bemerkte auch nicht, dass die häufigen Telefonate mit meiner Mutter mir nicht halfen. Der giftige Balsam, den sie mir verabreichte, schmeckte süß auf der Zunge und war bitter im Abgang. Ihre mitleidsvollen Worte nährten noch mein Selbstmitleid und das aufrichtige Leid, das mein Zustand in ihr entfachte, fand seinen Widerhall in mir. Ich fühlte mich nur noch schlechter, wenn ich spürte, wie sehr sie darunter litt.

Dieses Gefühlsgemenge blieb auch nach der ersten Sitzung bei Frau Dr. Sekida bestehen. An den Konstituenten meines Lebens hatte sich nichts geändert. Dennoch, eine kleine Änderung hatte sich schon ergeben. Ich war mir dessen noch nicht bewusst, aber ich hatte mit dem Entschluss, mir helfen zu lassen, bewirkt, dass ich mich dem Schicksal nicht mehr ganz drein gab, sondern tätig geworden war. Ich hatte einen kleinen Schritt raus aus der Lethargie dahin getan, wieder ein wenig Verantwortung für mich selbst zu übernehmen.

*

An jenem Tag nach der ersten Sitzung saßen wir schweigend am Frühstückstisch. Uns war der Gesprächsstoff ausgegangen, weil es in den letzten Wochen nur noch meine Krankheit gegeben hatte. Die Zwillinge waren gerade ruhig, weil sie damit beschäftigt waren, ihre Milchbrötchen zu kleinen Bröckchen zu verarbeiten, die danach teilweise in ihren Mündern, größtenteils aber auf dem Boden landeten.

„Du wirkst so traurig und in dich gekehrt", sagtest du. „Sprichst du jetzt auch nicht mehr mit mir? Nicht einmal von deiner ersten Sitzung bei der Psychologin erzählst du mir. War es so schlimm?"

„Nein", entgegnete ich. „Es war nicht schlimm. Ich denke bloß nach."

Am Vortag hatte ich dich nicht mehr angetroffen, als du abends mit den Zwillingen nach Hause gekommen warst. Ich hatte schon im Bett gelegen, weil der Gang zu Frau Dr. Sekida mich so sehr erschöpft hatte.

„Worüber denkst du nach? Geht es wieder um deine Angst?", fragtest du, in einer resignativen Stimmlage, wie ich sie erst seit einigen Tagen bei allem, was du zu mir sagtest, bemerkt hatte.

„Ja und nein. Ich denke darüber nach, wie ich da wieder rauskomme."

„Aber das tust du doch schon seit Wochen und es wird nur immer schlimmer", sagtest du.

Einer der Zwillinge haute dem anderen seine Flasche an den Kopf, was einen kleinen Tumult auslöste. Du gabst beiden noch etwas zu essen, was sie wieder für eine Weile beruhigte.

„Du hast Recht. Ich denke aber anders darüber nach. Es ist schwer zu erklären. Ich denke mehr darüber nach, was ich tun kann und nicht, warum alles so gekommen ist und warum gerade ich. Ich versuche, die Angst zu akzeptieren und nicht mehr immer weiter zu kämpfen. Das Kämpfen gegen einen Feind, der eine bessere Rüstung und bessere Waffen hat, ist zwecklos. Ich muss den Ring verlassen", sagte ich, ohne das vorher gedacht zu haben. Der Satz war mir wie eine Eingebung von außen plötzlich auf der Zunge gewesen. Sofort erkannte ich, dass darin eine tiefere

Wahrheit lag, die ich weiter würde durchdringen müssen, um aus der Misere her-
auskommen zu können.

Du schienst dies ebenfalls erkannt zu haben. Als du wieder sprachst, war der resig-
native Tonfall für kurze Zeit verschwun-
den. „Es scheint, als hätte die Sitzung gestern dir schon ein wenig geholfen, dein
Problem klarer zu sehen".

„Ja, das kann sein", sagte ich und fuhr
dann fort, indem ich dir von meiner Fantasie erzählte, die ich morgens im Bett gehabt hatte. Ich erzählte dir auch, wie traurig ich geworden war, als ich daran dachte,
wofür ich mich früher einmal interessiert
hatte und dass ich dieses Gefühl heute
nicht mehr empfinden könnte, weil die
Ängste alles Denken beherrschten.

„Das ist furchtbar. Das ist erschütternd",
sagtest du, als ich geendet hatte. „Vielleicht ist es aber auch umgekehrt", fuhrst
du fort. „Vielleicht hast du diese Ängste,
weil du dich für nichts mehr interessierst."

Wieder warst du es, der meinem Denken einen entscheidenden Anstoß in die richtige Richtung gegeben hat, auch wenn ich das nicht sofort erkannte.

„Fahr in die Stadt. Tu das, was du heute Morgen in deiner Fantasie gesehen hast. Vielleicht hilft es dir, wenn deine Gedanken mal nicht nur um deine Ängste kreisen."

Ich erschrak bei dem Gedanken, in die Stadt zu fahren. „Aber", sagte ich, „das würden sie. Ich habe furchtbare Angst davor, alleine in die Stadt zu fahren. Ich könnte es keine Sekunde genießen und für Bücher interessiere ich mich gerade wirklich nicht mehr."

„Verdammt", sagtest du laut und so ungehalten, dass ich abermals erschrak. „Du musst raus aus dem Panzer, den du um dich herum geschaffen hast. Bitte, tu es. Fahr in die Stadt und halte es aus."

Gerne hätte ich deinem Befehl folgegeleistet, aber die Zeit dafür war noch nicht gekommen.

*

Nach zwei weiteren Sitzungen, die ich in den folgenden Wochen bei Frau Dr. Sekida hatte, waren mir dann weitere Zusammenhänge zwischen meiner Lebensführung und der alles beherrschenden Angst klarer geworden. Diese Erkenntnis allein half mir aber nicht heraus aus der Angst. Frau Sekida führte mir vor Augen, dass ich mich der Angst würde stellen müssen. Sie herrschte mich geradezu an, etwas zu unternehmen. Erst als sie mir dann klarmachte, dass die Therapie an meiner Verweigerung zu scheitern drohte, überwand ich mich. Es tut mir leid, dass dein Flehen nicht gereicht hat, um mich zu diesem Schritt zu bewegen, aber du musst verstehen, dass erst die Androhung Frau Sekidas, die Therapie abzubrechen, mir die Kraft gegeben hat. Paradoxerweise war es dabei gerade die Angst, die mir den Antrieb verschafft hat. Heute erkenne ich, dass es ein genialer taktischer Zug von Frau Sekida war, mir die Angst mit Angst austreiben zu wollen. Ihre Drohung, die Therapier abzubrechen, so denke ich heute, war bloß

eine leere Drohung. Ich war viel zu gefähr-
det, mir etwas anzutun, als dass sie diesen
Schritt tatsächlich hätte erwägen können,
zumal schon nach der dritten Sitzung.

Als ich dann wirklich losging, war mein
Gang bereits wankend, kurz nachdem ich
die Wohnung verlassen hatte. Am Vortag,
auf dem Weg zu Frau Dr. Sekida, hatte ich
die Ängste besser im Zaum halten können,
weil ich gewusst hatte, dass der Weg nur
kurz sein würde. Das zeigte mir erneut, wie
wenig meine Ängste mit der Realität zu tun
hatten. Sie waren alleine das Produkt einer
negativen Erwartungshaltung. Es war die
Erwartung, dass die Angst wieder zupa-
cken würde und mich mit ihrem festen
Griff zu Fall bringen würde. Diese Aussicht
erschien mir naturgemäß sehr viel bedroh-
licher, wenn ich mir als Kulisse die Straßenbahn oder einen öffentlichen Raum
vorstellte, in dem sich Gaffer in Scharen
um mich sammeln würden. So wurde die
Angst immer wieder zur sich selbst erfül-
lenden Prophezeiung.

In der Straßenbahn konnte ich dann tatsächlich nicht ruhig dasitzen. Zuerst war

meine Wahrnehmung überspitzt. Ich erschrak, wenn jemand laut zu sprechen begann, wenn die Bremsen quietschten oder ein Handy klingelte. Meinen Blick konnte ich ebenso wenig fixieren wie meinen ganzen Körper, den ich hin- und herwiegte, um das Zittern in den Gliedern weniger zu spüren. Ich spürte, wie ich hinabglitt in den Vortex, an dessen Grund die Panikattacke und der damit verbundene Kontrollverlust lagen. Die schon so oft empfundene Hilflosigkeit, die krampfhaften Versuche, sich an den Wänden dieses Vortex festzukrallen, das Hinabgleiten zu stoppen, beschleunigten meine Schussfahrt nur noch. Mein Herz raste bereits und die zuvor überspitzte Wahrnehmung stumpfte derart ab, dass mein Blick sich verengte wie im starken Alkoholrausch und einzelne Geräusche zu einem Klangteppich wurden. Wieder war da die Angst vor der Ohnmacht. Doch dann war etwas anders als beim letzten Mal, als die Ohnmacht tatsächlich eingesetzt hatte. Ich konnte einen klaren Gedanken fassen und dachte an die Worte von Frau Dr. Sekida.

Als ich ihr von meinen Versuchen erzählt hatte, mich zu beruhigen, wenn die Panik einsetzte, hatte sie genickt und nur gesagt, dass es kein Wunder sei, dass diese Versuche vergeblich blieben. „Das Werkzeug, das du gegen dieses starke Gefühl der Angst einsetzt, ist dein Verstand. Nur ist dies ein stumpfes Werkzeug, wenn sich die Angst schon deiner bemächtigt hat. Erstens kannst du dieses Werkzeug kaum halten, wenn deine Arme zittern und zweitens ist es schlicht nicht das richtige Werkzeug. Kämpfe nicht gegen die Angst an. Sei wie der Bambus, der sich biegt im Sturm, dann wirst du nicht brechen."

Das waren vielleicht weise Worte gewesen, aber ich verstand weder, warum sie mir in einem Bruchteil einer Sekunde und kurz vor dem Aufschlag am Grund des Vortex einfielen, noch wusste ich, wie sie mir helfen könnten. Und doch halfen sie mir ein wenig, gerade genug, um nicht in völlige Panik zu verfallen. „Kämpfe nicht dagegen an", wiederholte ich mantraartig und tatsächlich gelang es mir, die Angst sich in mir austoben zu lassen, bis ihre

Versuche, mich zu packen, bald schon ins Leere liefen. Bevor ich den Hauptbahnhof erreicht hatte und ausstieg, hatte ich mich beruhigt, was mir wie ein kleines Wunder erschien.

Ich überschritt den Bahnhofsvorplatz und meine Beine zitterten dabei noch immer ein wenig. Der Platz war mir nie so weit vorgekommen, die Pflastersteine waren mir nie so hart erschienen, ich hatte nie so sehr das Gefühl gehabt, von allen Seiten her angegafft zu werden und noch nie war mir die Realität so bedrohlich erschienen. Doch es gelang mir immer wieder, die Oberhand zu gewinnen, mir dessen bewusst zu werden, dass es nur die Angst war, die mich so empfinden ließ.

Ich gelangte vor das Fenster der Buchhandlung und sah nur verschwommen, was dort präsentiert wurde. Ich konnte kaum die Buchtitel lesen, so sehr war meine Sicht vom Visual Snow gestört, einem Bildrauschen ähnlich dem auf einer Fotoaufnahme, die bei Dunkelheit mit sehr hoher Lichtempfindlichkeit aufgenommen worden war. Abermals versuchte ich mich zu beruhigen, in dem ich mir klarmachte, dass dies alles nur eine Folge der Angst war und mich die Angst nicht umbringen würde. Ich musste hinein, ich musste dem Fluchtinstinkt widerstehen. Wohin hätte ich auch fliehen können, wenn alles mir bedrohlich erschien? Es zirkulierte so viel Adrenalin in meinen Venen wie bei jemandem, der Zeuge eines Terroranschlags ist oder jemandem, der als Geisel gehalten wird und dem furchtbare Folter bevorsteht. Dabei ging es doch nur darum, eine Buchhandlung zu betreten. Wie hatte in meinem Kopf alles so sehr aus dem Lot geraten können?

Ich torkelte in die Buchhandlung hinein und beruhigte mich ein wenig, als ich an der hinteren Wand den Hinweis auf öffentliche Toiletten erkannte. Ich würde mich dorthin retten können vor den Blicken der anderen, sollte ich mich nicht mehr auf den Beinen halten können. Ich überlegte, wofür ich mich früher an diesem Ort interessiert hätte und mir fiel ein, dass ich nach den literarischen Neuerscheinungen schauen wollte. Ich setzte mich also in Bewegung in Richtung des Novitätenregals und blieb davor stehen. Da war ein Buch von Juli Zeh. Ich nahm es in die Hand und es fühlte sich an wie irgendein Gegenstand, eher wie ein kalter, schwerer Ziegelstein. Ich spürte nichts von der Magie, die mich früher immer das Unbekannte zwischen den Buchdeckeln hatte entdecken lassen wollen. Ich fuhr mit den Fingern die geprägten Lettern im Leineneinband nach, sog den Geruch der Buchseiten ein und spürte dabei nichts. Zunächst spürte ich nichts, doch dann war es kurz, als würde ich aus einem Delirium erwachen. Meine Wahrnehmung, die im Angstrausch stumpf geworden war, normalisierte sich für einige Momente. Offenbar hatte der Versuch, den Fokus wegzulenken von der Angst und hin zu dem da draußen, dem, was außerhalb meiner selbst lag, etwas in mir bewirkt. Ich hatte kurz die Angst zwar nicht vergessen, aber doch ein wenig in den Hintergrund rücken lassen, womit ich in mir Raum für andere Empfindungen geschaffen hatte. Das war es. Das war das

Erlebnis, nach dem ich gesucht hatte. Ich stellte das Buch zurück und ging zurück zum Bahnhof. Für heute, so beschloss ich, war es Konfrontation genug gewesen und ich feierte innerlich den kleinen Erfolg, den ich mir errungen hatte, als ich, wenn auch nur für Momente, etwas Boden gut gemacht hatte gegen die Angst. Als dann auch die Rückfahrt in der Bahn ohne große Panik-attacke verlief, begann in mir die Zuversicht zu wachsen, dass ich es schaffen könnte, wenn ich nur kleinschrittig vorginge und Geduld hätte.

*

Die Fahrt in die Stadt war ein großer Erfolg für mich gewesen. Noch immer aber stand die Angst wie ein ungebetener Gast im Raum. Wohin ich auch ging, immer spürte ich ihre Präsenz. Wenn ich die Augen vor ihr verschloss, bemerkte ich schon ihren kalten Hauch in meinem Nacken und wusste, dass sie ganz nah war. Ich verstand aber mittlerweile, dass gerade die Beachtung, die ich ihr schenkte, das war, was sie nährte. Je mehr Aufmerksamkeit der ungebetene Gast von mir erhielt, desto aufdringlicher wurde er.

Ich hatte zuvor geglaubt, dieser ungebetene Gast würde völlig autonom handeln und sich in mir austoben, aber ich begann zu verstehen, dass er das nur konnte, weil ich es zuließ. Im Bus zu sitzen und gerade nicht aussteigen zu können, weil der Bus fährt, beängstigte mich nur, weil ich die Angst förmlich zu mir einlud. Aber ich konnte nicht einfach damit aufhören. So wie ein Mensch, der am Tourette-Syndrom leidet und furchtbare Ticks hat, wurde ich den Angstgedanken nicht los und lud weiterhin oft die Angst so unbewusst mit Willkommensgesten dazu ein, doch direkt neben mir Platz zu nehmen. Dann war sie dort und zur Angst gesellt sich gerne weitere Angst.

Die Auslöser, die mich an die Angst denken ließen, waren oft so wenig bedrohlich, dass niemand sonst sie als beängstigend empfinden würde. Es war die Angst selbst, vor der ich Angst hatte, die Hilflosigkeit angesichts der Macht, die sie über mich hatte. Meistens reichte eine Empfindung, ein kurzes Missempfinden, dass in mir nachhallte und die Spirale der Angst in Gang setzte.

All das wurde mir klar, als Frau Dr. Sekida mir den Spiegel vorhielt. Mir wurde auch klar, dass ich lernen musste, den ungebetenen Gast wahrhaftig zu ignorieren. Solange es bei krampfhaften Versuchen blieb, ihn zu vergessen, war es so, als stellte ich mir selbst ständig ein Bein, über das ich dann stolperte. Wenn es um das Loslassen ging, stand die Absicht sich selbst im Weg, weil sie immer an etwas haftet, das nicht losgelassen werden kann.

Frau Dr. Sekida hatte dazu einen Leitsatz, den ich gut auf meine Angst anwenden konnte:

„Wenn ich denke, dass ich nicht mehr an dich denke, denke ich immer noch an dich. So will ich versuchen, nicht zu denken, dass ich nicht mehr an dich denke."

Ich musste lernen, wirklich loszulassen, den Kopf wirklich ganz frei zu bekommen und so der Angst den Boden unter den Füßen zu entziehen. So, wie ich über einen längeren Zeitraum gelernt hatte, die Angst zu nähren, so musste ich es nun wieder verlernen. Und das, so verstand ich nach einigen weiteren Stunden bei Frau Dr. Sekida, gelänge nur, indem ich auch die Absicht losließe. Dazu, so legte sie mir nahe, bedürfe es einer Praxis, die oft und regelmäßig geübt werden müsse. Frau Dr. Sekida empfahl mir regelmäßige Meditation.

Also begann ich, mich täglich auf einen kleinen Hocker zu setzen, vor mich ins Leere zu blicken und jeden Gedanken, den mein Gehirn mir ins Bewusstsein hob, sofort abzulegen. Ich setzte mich intensiv mit

Zen-Meditation auseinander und der Effekt war schon nach einigen Wochen verblüffend. Wenn es mir auch nur für Momente gelang, jede Absicht zu vergessen, selbst die Absicht zu meditieren, dann war ich danach für Stunden frei von Angst. Ich führte das fort und traute mich bald wieder, Dinge zu tun, bei denen ich zuvor noch in Panik geraten wäre. Die Angst war noch immer mein Begleiter, aber wenn sie die Macht über mich erlangen wollte, konnte ich bald auch außerhalb des geschützten Raums sehr viel leichter loslassen. Ich suggerierte mir dann zunächst, dass es ja nur die Angst sei und dass sie mir nichts anhaben könne. Danach gelang es mir immer öfter, sie einfach fallen zu lassen, so wie ich auch andere unliebsame und negative Gedanken fallen zu lassen lernte.

Ich konnte sogar nach einer Weile wieder zur Arbeit gehen und war nun besser als je zuvor in der Lage, die Prüfungen, die mich dort erwarteten, als Übungen für meine geistige Stabilität aufzufassen. Ich war noch immer nicht glücklich, dieser Arbeit nachgehen zu müssen, aber ich lernte, selbst zu bestimmen, wie nah ich all das an mich heranließ und wie sehr es mich emotional berührte. Ich wurde immer mehr zum Herrscher über meine Gedanken und Gefühle, auch wenn ich noch weit davon entfernt war, ein ganz ausgeglichener Mensch zu sein. Ich versuchte aber immer, wenn ich wieder in alte Denkmuster verfiel, mir einen weiteren der Leitsätze von Frau Dr. Sekida ins Gedächtnis zu rufen:

„Wirf deine Gedanken wie Herbstblätter in einen blauen Fluss, schau zu, wie sie hineinfallen und davontreiben – und dann: vergiss sie."

Noch immer hatte ich aber auch Rückschläge. Auch war der Prozess, den ich angestoßen hatte, keineswegs linear in seinem Verlauf, sondern stagnierte zwischendurch. Auch wenn die ersten Erfolge mich euphorisch werden ließen und der Lebensmut und die Lust zurückkehrten, so gab es immer wieder auch Zeiten, in denen die Angst wieder stärker wurde, sich Depressionen dazugesellten oder ich nachts wach lag und mich mit dem Gedanken tröstete, dass ich meinem Leben auch ein Ende bereiten könnte, wenn es wieder so unerträglich werden würde. Ich wusste dabei, dass es nie dazu kommen würde.

Einmal geriet ich wieder in der Bahn in Panik und es gelang mir nicht, den Gedanken fortzuwerfen. Ich war verwirrt, dass die Angst mich immer noch so kalt erwischen konnte. Später begriff ich, dass es gerade das Gefühl war, vor ihr sicher zu sein, dass mich wieder hat anfälliger werden lassen. Ich hatte nicht mit der Angst gerechnet und ihr plötzliches Erscheinen hatte mich zweifeln lassen an meiner Fähigkeit, sie zu verbannen.

In den Wochen darauf war sie wieder öfter erschienen und begann schon wieder mein Denken zu beherrschen. Auch das Meditieren gelang nicht mehr so recht. Ich hatte in der Meditation eine wirksame Waffe gegen die Angst gesehen, aber Meditation entzieht sich dem Denken in rationalen Sinnzusammenhängen und Zwecken. Sobald sie zum Instrument für etwas wird, kann sie nicht mehr absichtslos sein und verliert ihre Wirkung.

Frau Dr. Sekida sagte, dass es normal sei, solche Rückschläge zu erleiden. Sie hielt mich dazu an, die Angstanfälle, die wieder regelmäßiger kamen, geschehen zu lassen und danach nicht mehr daran zu denken, nicht zu analysieren und fortzufahren mit der Praxis des Meditierens. Mit der Zeit gelang es mir dann tatsächlich, die Angst als gegeben hinzunehmen und dadurch, dass ich sie wieder zu ignorieren oder eher zu akzeptieren gelernt habe, verärgerte ich sie so sehr, dass sie sich schmollend zurückzog und sie immer seltener versuchte, an mich heranzukommen.

Als Frau Dr. Sekida erkannte, dass ich soweit war, verlagerte sie das Hauptaugenmerk der Therapie weg von der bloßen Bewältigung der Krise hin zum Wiederaufbau eines erfüllten Lebens.

„Sie haben nie davon gesprochen, dass sie Freunde haben oder zumindest ein paar Menschen außerhalb ihrer Familie, mit denen sie gerne mal etwas unternehmen. Haben sie keine Freunde?", fragte sie.

„Ich hatte Freunde, als ich noch studiert habe, aber viele von ihnen sind weggezogen. Zu denen, die hier geblieben sind, habe ich schon länger keinen Kontakt mehr", sagte ich.

„Jeder Mensch ist auf andere angewiesen, weil sein Denken und Handeln sonst ins Leere läuft. Ohne Freunde fehlt das Korrektiv oder die Bestätigung. Wer keine Freunde hat, der verarmt innerlich und verliert letztlich sich selbst. Sehen Sie die Möglichkeit, eine Freundschaft von früher wiederaufleben zu lassen?"

Ich musste zugeben, dass ich nicht einmal wusste, ob noch jemand von meinen früheren Kommilitonen in der Stadt wohnte.

„Der Gedanke daran, darüber Nachforschungen anzustellen, war mir in den vergangenen Jahren ab und zu gekommen", sagte ich. „Ich habe dann nur gedacht, dass meine Zeit und Kraft kaum für mein

eigenes Leben reicht und dass Freundschaften gepflegt werden müssen", fuhr ich
fort.

„Eine Freundschaft zeichnet aus, dass
sie eine lange Zeit, bei einer sehr guten
Freundschaft sogar ein Leben lang, eine
negative Bilanz des Gebens und Nehmens
überdauert. Jedes Geben kann in einer guten Freundschaft auch ein Nehmen sein.
Sie haben sich den Freundschaften verwei-
gert, bloß weil Sie Annahmen darüber hatten, was Sie Ihren Freunden zumuten können. Vielleicht wäre einer Ihrer früheren
Freunde glücklich und dankbar, wenn Sie
ihn anriefen, ihm von Ihren Problemen er-
zählten und Ihn teilhaben ließen an ihrem
Leben. Sie brauchen nicht stark, besonders klug oder besonders freundlich zu
sein, um Freunde zu haben. Freundschaften bauen auf Authentizität. Wenn Sie sich
öffnen und einem Freund Einblicke in Ihr
Innerstes gewähren, dann haben Sie ihm
damit schon viel gegeben, wahrscheinlich
weit mehr, als Sie es sich vorstellen können."

„Und wenn ich gerade das nicht möchte?", wandte ich ein.

„Haben Sie Angst, wie ein Schwächling dazustehen? Das brauchen Sie nicht. Sie werden sich wundern, was Ihre Freunde ihnen alles erzählen, wenn sie sich ihnen gegenüber erstmal geöffnet haben. Das kann für beide sehr befreiend sein."

„Nein, das ist es nicht. Naja, vielleicht auch, aber ich würde einfach nicht über meine Probleme sprechen wollen, wenn ich mit Freunden zusammen bin. Zumindest nicht über meine Seelenprobleme. Über Alltagsprobleme schon, aber nicht über meine Ängste und meine Beziehungsprobleme oder meine Probleme mit den Kindern."

„Aber warum denn nicht? Das verstehe ich nicht. Dafür sind Freundschaften doch da. Nicht nur, aber zumindest auch", sagte Frau Dr. Sekida mit Ratlosigkeit in ihrem Blick.

„Es geht mir darum, dass ich Räume haben möchte, in denen all das keine Rolle spielt. Ich möchte unbeschwerter sein, zur Leichtigkeit des Lebens zurückfinden und mit Freunden einfach Zeit genießen, in der ich über nichts nachdenken muss."

„Verstehe. Das können sie ja auch. Weshalb tun sie es nicht?"

„Weil ich erstmal wieder zu mir selbst finden möchte, bevor ich mich wieder ins Leben stürze."

„Aber wie soll ihnen das gelingen, wenn sie sich isolieren. Sie sollten sich fragen, was dieses *Sie selbst* denn ausmacht. Freunde sind ein integraler Bestandteil des Lebens. Sie sollten sich fragen, ob sie jemals sie selbst werden, wenn sie nicht zulassen, dass Freunde an ihnen und ihrem Leben Anteil nehmen. Außerdem knickt ein Baum, der allein auf der Lichtung steht, sehr viel schneller um als ein Baum, der von anderen gestützt wird. Denken sie nicht in so engen Kategorien. Denken sie nicht immer im Entweder-Oder-Schema. Es gibt nicht nur entweder dies oder das, sondern tausend Schattierungen in dem Bild, das ihr Leben darstellt. Erinnern sie sich an eine Übung, die wir am Anfang gemacht haben? Sie sollten ihr Leben in einem Bild darstellen. Ihr Bild war düster und sie haben nur mit einem Stift gemalt, einem schwarzen Stift. Nein, sie müssen aus sich herausgehen. Sie müssen wieder ganz sie selbst werden, eine vielgestaltige Einheit. Das bedeutet nicht, dass sie jedem alles über sich erzählen sollen, aber sie sollten es ausprobieren, einem Freund die Chance zu geben, sie überhaupt in vielen ihrer Facetten kennen zu lernen. Sie werden sehen, erst so entstehen richtig gute Freundschaften, in denen gegenseitiges Vertrauen vorherrscht. Sie können immer selbst entscheiden, wie viel sie von sich preisgeben, aber ich rate ihnen sehr, sich nicht einzumauern, weil sie in einem Kerker niemals zu sich selbst finden werden. Erzählen sie dem einen mehr, dem anderen weniger, dem einen dies, dem anderen das, aber tasten sie sich heran, prüfen sie, wie belastbar das Seil ist, auf dem sie und ihre Freunde gemeinsam den Tanz des Lebens tanzen. Wenn sie es zulassen, wird es ein wilder, lebensbejubelnder Tanz und sie werden sehen, dass das Seil nicht reißen wird. Vielleicht wird der ein oder andere ihrer Freunde sich auf dem Seil nicht halten können, aber sie bleiben immer oben auf, wenn sie nur vertrauen und wenn sie die Schritte tanzen, die zu ihnen passen."

Ich nickte bloß, weil mir darauf nichts mehr einfiel. Vielleicht hatte ich wirklich dem Seil, auf dem ich stehe, mein Leben lang viel zu wenig zugetraut. Vielleicht war ich dabei zu lernen, den Tanz des Lebens so zu tanzen, wie er zu mir passte. Doch das würde kein so wilder Tanz sein, sondern eher ein ruhiger Tanz mit gelegentlichen Einlagen von Swing oder Jazztanz.

*

Ich beschloss, zunächst nur zu einem meiner drei Freunde aus Schultagen den Kontakt wieder zu suchen. Philipp Stolze war derjenige, mit dem ich damals, obwohl oder vielleicht auch weil er mir von all meinen Freunden am unähnlichsten war, am meisten Zeit verbracht hatte. Er hatte mir immer imponiert, weil er als Schüler schon so weltgewandt gewesen war, in einer festen Beziehung gelebt hatte und immer genau zu wissen schien, was er wollte. Ich war mir sicher, dass er seinen Weg gemacht haben würde. Bei unserem letzten Treffen vor so vielen Jahren in der Schenke hatte er gerade mit seinem Informatikstudium begonnen. Mir fiel ein, dass er schon in der zehnten Klasse eine Software geschrieben hatte, mit der er bei einem Wettbewerb für junge Forscher den zweiten Platz gemacht hatte. Ich wählte ihn aus, weil ich mir etwas von seiner Geradlinigkeit wünschte und weil ich ihm am ehesten zutraute, mich stützen zu können, wenn ich eine Stütze brauchte.

Ich hatte irgendwo noch seine Telefonnummer notiert. Bevor ich den Hörer in die

Hand nahm und die Nummer eintippte, zitterten meine Hände. Ich hatte Angst. Es war vermutlich vor allem eine Angst davor, zurückgewiesen zu werden. Ich wusste, dass sie unbegründet war, konnte aber dennoch die Unruhe in mir nicht abstreifen. Ich wollte den Hörer schon wieder zurücklegen, dann fiel mir ein, was Frau Dr. Sekida mir einmal gesagt hatte:

„Wenn du einen mutigen Menschen finden kannst, der keine Angst hat, wie kannst du ihn dann mutig nennen?"

Ich hatte ihr geantwortet, dass ich Mut für die Abwesenheit von Angst halte. Daraufhin hatte sie heftig den Kopf geschüttelt. „Nein. Der Unterschied zwischen einem mutigen und einen mutlosen Menschen ist der, dass der mutige Mensch weitermacht, trotz der Angst. Der mutlose Mensch hört auf wegen der Angst."

„Aber", hatte ich eingeworfen, „was ist dann ein furchtloser Mensch, der unbeschwert durch das Leben geht und die Leichtigkeit des Daseins genießen kann? Der muss sich gar nicht erst mit der Angst herumplagen."

„Auch er hat Angst. Angst ist ganz natürlich und auch nützlich. Sie beschützt dein Leben. Der Mensch, der dir furchtlos erscheint, hat sich seine Angst zum Freund gemacht. Er versucht nicht ständig, mit ihr zu kämpfen und sie zu unterdrücken. Er weiß, wann sie berechtigt ist."

„Aber, das tue ich doch auch. Ich gehe aus dem Ring, wenn die Angst mich zum Kampf ruft", hatte ich gesagt.

„Das alleine macht dich noch nicht zu einem mutigen Menschen. Wenn der mutige Mensch spürt, dass die Angst im Unrecht ist, dann vertraut er seinem Verstand. Dieses Vertrauen ist dir verloren gegangen. Der Mutige lässt die Angst dort stehen, wo sie ist, und geht weiter, ohne sie zu beachten. Er akzeptiert das Gefühl, ohne es in sich groß werden zu lassen. Wie macht er das? Ich möchte dazu den indischen Philosophen Osho bemühen, der gesagt hat, dass in dem Moment, in dem du das Gefühl Angst nennst, du eine Einstellung dazu hast. Du hast es bereits verurteilt. Du hast gesagt, dass es falsch ist, dass es nicht da sein sollte. Du bist schon auf der Hut, schon auf der Flucht. Das tut der Mensch nicht, der dir so furchtlos erscheint und doch auch Angst hat. Osho sagt weiter, dass Angst eine der Türen ist, durch die du in dein Wesen eintreten kannst. Lass es zu, wenn Angst, Wut, Traurigkeit oder irgendetwas anderes passiert. Schließ die Türen und fühl es und dann entspann dich. Sei wie ein kleines Kind, dem noch nicht beigebracht wurde, den Dingen einen Namen zu geben."

Also sagte ich mir, dass es einfach ein Gefühl ist, das ich habe und dass dieses Gefühl normal ist, wenn einem Menschen etwas bevorsteht, das wichtig für seine Zukunft sein könnte. Ich wählte die Nummer und hörte kurz darauf die altvertraute Stimme meines Freundes aus Schultagen. Er klang nicht einmal überrascht. Ich erzählte ihm von meiner Familiengründung und meiner unbefriedigenden Jobsituation, erwähnte dabei aber noch nicht meine Angsterkrankung. Er wurde im Laufe des Gesprächs seltsam wortkarg. Ich fragte ihn, ob er Familie habe, worauf er nur einsilbig mit „nein" antwortete.

Wir verabredeten uns für ein Treffen. Er bot mir an, dass ich zu ihm kommen könnte, da es bei mir zu Hause wegen der Kinder oft laut und turbulent zuging.

Zwei Tage später stand ich vor dem Haus, in dem er wohnte. Es war ein trister Wohnblock mit acht Etagen. Der Anblick der unzähligen Sattellittenschüsseln, die an jedem Balkon angebracht waren, hatte etwas Verstörendes für mich. Ich musste daran denken, wie viele Menschen gerade einsam in ihren Wohnungen vor einem Gerät saßen, das Farben und Stimmen aus dem Äther sog und ihnen einen kläglichen Ersatz für all das Leben bot, das bei ihnen nicht stattfand.

Ich klingelte bei Philipp Stolze und hörte erst ein Knacken der Gegensprechanlage und dann den Summer des Türöffners. Es kostete mich einiges an Kraft, mich zu überwinden und mit dem Fahrstuhl zu fahren. Es ging in den obersten Stock und es dauerte einen Moment zu lang, bis die Tür sich öffnete. Wie ein Stromstoß trieb das Szenario, in der Kabine eingesperrt zu sein, die Panik vor sich her und meinen

Puls in die Höhe. Ich keuchte, als hätte ich die Treppen genommen. Mir fiel ein, dass ich gar nicht wusste, welche Nummer seine Wohnung hatte. Bevor ich auf die Suche nach der richtigen Wohnungstür ging, lehnte ich mich an die Wand und wartete ein paar Augenblicke, bis der Aufruhr in meinem Inneren geendet hatte.

Der kaum beleuchtete, lange Korridor hatte an beiden Seiten Abzweigungen. In einem dieser seitlich abgehenden Gänge sah ich einen Lichtschein, der durch einen Türspalt hindurch in den Flur drang. So fand ich Philipps Wohnung. Ich klopfte und kurz darauf stand Philipp vor mir und begrüße mich mit einer Umarmung. Ich hatte nicht mit so einer freundschaftlichen Geste gerechnet, nach all der Zeit.

Wir nahmen im Wohnzimmer Platz, das karg eingerichtet war. Auf dem Fußboden lagen Kurzhanteln, an einer Wand hing ein Poster mit einem Panoramafoto des Fuji mit seiner schneebedeckten Kuppe. Am Fenster stand ein Schreibtisch. Es lag nichts darauf, nicht einmal ein Blatt Papier oder, was mich noch mehr wunderte, auch kein Computer. Philipp war früher doch ein solcher Computernerd gewesen. Es gab kein Sofa, sondern nur einen Tisch mit zwei schlichten Holzstühlen daran. Auf dem Tisch standen eine Glaskanne und zwei Gläser. Das war der gesamte Inhalt des Zimmers. Philipp goss uns Tee ein, Pfefferminztee aus eigenem Anbau, wie er mir sagte. Ich rutschte ein wenig nervös auf dem Stuhl hin und her und versuchte mein Unbehagen zu verbergen. Ich spürte, wie die Angst um mich herumschlich und auf ihre Gelegenheit wartete. Ich wusste, dass es keinen Grund gab, Angst zu haben, aber die Angst wusste das offenbar nicht. Es half dann aber, mir in Erinnerung zu rufen, dass der Angst nicht mit Kampf, sondern nur mit einer bedingungslosen Akzeptanz zu begegnen ist. Mit den ersten Wortwechseln und der Wärme, die sich durch den heißen Tee in mir ausbreitete, schwand die Beklemmung in mir.

„Marc, es ist schön, dass du dich bei mir gemeldet hast. Ich habe verdammt schwierige Zeiten hinter mir und kann etwas Ablenkung jetzt gerade gut gebrauchen." Mit den Worten eröffnete Philipp das Gespräch. Ich betrachtete sein Gesicht, sein kurzgeschorenes, schütteres Haar, eine Narbe an seiner Wange, die er früher noch nicht gehabt hatte und seinen Mund, der noch immer von Lachfalten eingerahmt war, aus besseren Zeiten. Die größte Veränderung zeigten seine blau geränderten Augen, in denen ein Ausdruck einer tiefen Traurigkeit lag.

„Das tut mir leid. Möchtest du darüber sprechen?", fragte ich.

„Eigentlich nicht, aber ich möchte dich auch nicht im Unklaren lassen."

„Du musst nicht. Wir können auch einfach über dies und das reden, wenn dir die Zerstreuung hilft", antwortete ich.

„Nein, das kann ich nicht. Solange du nicht weißt, was mit mir los ist, würde mir jedes Gespräch belanglos erscheinen."

„Ich verstehe. Ich verstehe sogar sehr gut und irgendwie geht es mir vielleicht sogar ähnlich damit. Ich meine damit, dass alles belanglos erscheint, wenn die wichtigsten Dinge nicht ausgesprochen wurden."

„Na gut. Ich halte mich aber kurz. Du er-
innerst dich sicher an Annika. Sie ist tot.
Sie ist vor drei Jahren an Leukämie gestorben und danach ging alles dermaßen den
Bach hinunter. Ich habe mich wochenlang
verbarrikadiert, habe nur noch vor dem
Computer gesessen und gespielt, wollte
nichts mehr wissen von der Welt. Wir hatten eine schöne Wohnung, aber ich konnte
die Raten nicht mehr zahlen. Als der Ge-
richtsvollzieher kam, war ich in einem beinahe komatösen Zustand, hatte zwei Tage
lang nichts gegessen und nur dagelegen
und vor mich hingedämmert. Man musste
mich heraustragen und hat mich dann in
eine Klinik gebracht, in der viele fähige
Ärzte und Psychologen lange gebraucht
haben, um die Dinge in meinem Kopf wieder ein wenig zu ordnen und mich wieder
auf die Beine zu stellen. Hier wohne ich
seit drei Monaten. Ich weiß, es ist nicht
toll, aber wenn du mich vor zwei Jahren
gesehen hättest, würde es dir wie ein Wunder erscheinen, dass ich wieder alleine klar
komme und mich sogar daran erfreuen

kann, wenn ich einen schönen Sonnenuntergang sehe und dabei Musik höre."

Ich schwieg. Ich hatte mir Philipp immer glücklich und erfolgreich an der Seite einer schönen Frau vorgestellt. Annika, ich erinnerte mich, wie er damals sagte, er habe die Liebe seines Lebens gefunden. Ich erinnerte mich gut an das hübsche Mädchen, das in ihrer stillen Art so geheimnisvoll auf mich gewirkt hatte. Von ihrem Tod zu erfahren, machte mich schlagartig sehr traurig.

„Das tut mir so furchtbar leid", sagte ich. „Ich habe eigentlich wenig Grund zu klagen und doch ist es mir in den letzten Jahren auch nicht gut ergangen", fuhr ich fort und erzählte ihm über die Zeit nach unserem letzten Treffen alles, was mir wichtig erschien. Ich fühlte mich dabei ein wenig schlecht, da Philipps Verlust so viel schwerwiegender erschien als das, was mich aus der Bahn geworfen hat. Dennoch glaubte ich, seinen Schmerz besser verstehen zu können durch das, was ich durchgemacht hatte. Auch ich hatte viel verloren. Auch in meinem Leben war ein

Mensch gestorben. Den Menschen, der ich mal gewesen war, hatte ich langsam und qualvoll sterben sehen. Nun war es daran, ihn auf dem Scheiterhaufen zu verbrennen. Der entscheidende Unterschied war dabei der, dass ich aus seiner Asche einen neuen Menschen würde formen können, den Menschen, der ich sein möchte. Philipps Verlust war endgültig.

„Panikattacken und Ängste, wie du sie schilderst, kenne ich auch", sagte Philipp. „Vielleicht nicht ganz so krass, bei mir war es eher die Flucht in die Sucht, aber ich hatte direkt nach ihrem Tod auch Panikattacken. Ich konnte einfach nicht mehr."

Ich nickte und war froh, dass ich meine Angst überwunden hatte, Philipp anzurufen. Ich spürte ein Wohlgefühl wie ein Kribbeln und eine Wärme, die meinen Körper durchströmte. Ich verstand diese Gefühlsregung zuerst nicht, dann wurde mir klar, dass es aus der Erleichterung resultierte, einen Menschen gefunden zu haben, der mein Leid im vollen Umfang verstand und sogar ähnliches erlebt hatte.

Es ist irrational und mir ist schon klar, dass es Millionen Menschen gibt, die unter Ängsten leiden und denen es noch viel schlechter ging als mir, aber einen Freund gefunden zu haben, der in mich hinein blicken konnte und mich verstand, führte dazu, dass ich mich weniger allein auf dieser Welt fühlte. Ich weiß, dass du auch immer versucht hast, dich in meine Lage zu versetzen und zu verstehen. Du konntest es aber nicht. Ebenso wenig konnte es meine Mutter und schon gar nicht mein Vater. Ich mache es niemanden zum Vorwurf. Ich glaube, dass diese Krankheit dabei war, einen Keil zwischen uns zu treiben und ich bin mir sicher, dass sie uns irgendwann entzweit hätte, wenn sie weiter fortgedauert hätte. Sie hätte uns nicht unsere Liebe füreinander genommen, sondern die Liebe zu dir hätte es mir irgendwann unmöglich gemacht, dich länger unter der Last meiner Krankheit leiden zu sehen.

Als Philipp und ich uns ausgesprochen hatten, wurden unsere Gespräche ausgelassen und waren geprägt von freundschaftlichem Wohlgefühl. Wir gerieten ins Plaudern über vergangene Zeiten und dann erwähnte Philipp in einem Halbsatz lapidar einen Freund, der einen Bauernhof hat und dort Wohnungen vermietet.

Ich kann heute gar nicht sagen, wie dankbar ich für diese Fügung des Schicksals bin. Ich sah sofort einen weiteren Weg vor mir, der von dem Weg abzweigte, den ich vor kurzem eingeschlagen hatte und der mich zurück ans Licht führen sollte. Ich sah eine Abkürzung, einen Weg, der steil anstieg und auf eine Anhöhe führte, die bereits beschienen war von der Sonne eines neuen Morgens.

*

Noch am selben Tag sprach ich mit dir über die Idee, die mir bei Philipp gekommen war.

Ich sah mittlerweile klar vor mir, worin meine Erkrankung ihre Ursprünge hatte. Einen großen Schritt hin zu der Entfremdung von mir selbst, die ich so lange nicht hatte wahrhaben wollen, war das Ende meiner Arbeit in der Buchhandlung gewesen. Ich hatte gegen eine Revolte aus Gefühlen in meinem Inneren gehandelt und eine seelenlose Tätigkeit aufgenommen, nur damit wir uns die Miete in der Stadt leisten konnten. Ein weiterer Ursprung meiner Erkrankung lag darin, welchen Wert ich bestimmten Dingen in meinem Leben gegeben hatte oder vielmehr, welchen Wert ich bestimmten Dingen nicht mehr gegeben hatte. In meinem Kopf hatte die Misere um den Job so viel Raum eingenommen, dass ich dich kaum mehr wahrgenommen und die Kinder in absurder Weise zu Schuldigen gemacht hatte. Unwillkürlich und kaum, dass ich mir dessen bewusst war, behandelte ich sie deshalb schlecht, weil sie die Auslöser für die tiefgreifenden Veränderungen in meinem Leben gewesen waren. Das war auch Teil meiner Erkrankung, dass ich nicht mehr klar sehen konnte, dass allein ich für mein Leben und folglich auch für die Misere verantwortlich war. Um das Problem nun bei der Wurzel packen zu können, musste ich diese Verantwortung Stück für Stück wieder übernehmen und mein Handeln wieder danach ausrichten, was gut für mich war. Daher war mir auch plötzlich klar geworden, dass ich zuerst diesen Job loswerden musste, der mich innerlich so sehr ausgehöhlt hatte. Das war viel wichtiger, als genug Geld für eine teure Stadtwohnung zu haben. Ich sprach mit dir darüber an einem Abend, nachdem wir einen der besseren Tage zusammen als Familie gehabt hatten. Du hattest die Zwillinge ins Bett gebracht und saßest am Küchentisch. Ein letzter Sonnenstrahl fiel dir ins Gesicht und in der vom Aufbruch in ein neues Leben getränkten Stimmung, in dem Optimismus, den ich plötzlich spürte, sah ich auch wieder, wie schön du warst und was ich an dir liebte.

„Ich möchte wieder in der Buchhandlung arbeiten", sagte ich.

„Ich weiß", antwortetest du. „Das wäre schön." Du klangst müde.

„Nein, ich meine, ich habe beschlossen, wieder in der Buchhandlung zu arbeiten, wenn du mich lässt", fuhr ich fort.

„Aber wie?", sagtest du und sahst auf zu mir. „Wir hatten das doch schon."

„Als ich zum letzten Mal gesagt habe, dass ich wieder in der Buchhandlung würde arbeiten wollen, war es nur eine Klage über meinen Job und mein Leben und überhaupt alles gewesen. Es war nur so daher gesagt. Jetzt aber sehe ich die Möglichkeit. Jetzt ist es ein Plan."

„Was gehört noch zu diesem Plan? Du weißt, dass wir von dem Geld, das ich mit der Buchhandlung erwirtschafte, kaum allein die Miete hier zahlen können."

„Hier nicht, aber woanders. Ich bin lieber arm und glücklich als weniger arm und unglücklich. Wobei das nicht einmal stimmt, dass wir jetzt weniger arm sind.

Wenn wir aufs Land ziehen würden, dann ginge es und wir hätten trotzdem fast so viel Geld zur Verfügung wie jetzt. Außerdem wäre das für die Kinder ein ganz anderes Leben."

„Aufs Land? Wie das?", fragtest du irritiert. „Ja, ich kenne dort jemanden oder vielmehr mein Schulfreund Philipp kennt dort jemanden. Ich habe schon mit den Leuten telefoniert und sie würden uns eine Wohnung auf ihrem Bauernhof vermieten, die nicht einmal die Hälfte unserer Stadtwohnung hier kosten würde. Ich weiß, du möchtest nicht auf dem Land leben, aber..."

Du unterbrachst mich. „Doch, doch. Das war früher. Früher habe ich es mir nicht vorstellen können."

So einfach war das, so plötzlich konnte sich alles verändern. So fügten sich die Dinge, wenn man die Verantwortung für sein Leben in die Hand nahm. Noch vor einigen Monaten hätte mir die Vorstellungskraft und auch die Energie gefehlt, um über einen solchen Schritt auch nur nachzudenken. Nun ging alles sehr schnell. Ich rief tatsächlich noch am selben Abend erneut die Freunde Philipps an und wir hatten die Wohnung. Am nächsten Tag reichte ich meine Kündigung ein und ein paar Wochen später stand ich wieder vor Bücherregalen und beriet Kunden. Ich spürte zum ersten Mal seit langem wieder Glück.

*

Der Tag hatte mit Sonnenschein begonnen und die laue Luft lockte viele Menschen ins Freie. So kamen auch einige Passanten in unsere Buchhandlung, die jetzt endlich wieder unsere Buchhandlung war. Mit jedem neuen Gesicht verband sich eine eigene Konstellation aus Stimmungen, durchlebten Geschichten und ein Kosmos aus Fantasien und Vorstellungen, die zusammen eine eigene Bibliothek hätten füllen können, wenn es einen Chronisten gegeben hätte. Ich hatte ein seismographisches Gespür für die Gemütsverfassung von Menschen entwickelt, wie es mir früher nicht zu eigen gewesen war. Mir war früher nicht aufgefallen, dass es vielen Menschen ins Gesicht geschrieben steht, wie sehr ihr Dasein von Zwängen und mangelndem Mut zur Freiheit geprägt ist. Bei einigen glaubte ich zu erkennen, dass sie kurz davor standen, unter der Last zusammenzubrechen, nicht der zu sein, der sie sind. Ich wollte sie warnen, wollte ihnen von mir erzählen, aber das hätte zu nichts geführt. An dem Punkt, an dem sie standen, hätten sie es nicht begriffen. Es war auch weder meine Aufgabe noch war die Buchhandlung der richtige Ort dafür. Manchen Menschen konnte ich vielleicht ein Buch verkaufen, das im Kern einige Aussagen enthielt, die dem Sehenden einen Weg weisen. Wer in die Falle der Selbstverleugnung tappt, tut dies aber meist aus einer Art der sturen Unachtsamkeit, an der alle Appelle zu einem achtsameren Umgang mit sich selbst abprallen.

Nicht zu unterschätzen ist auch das Paket, das die Eltern ihren Kindern mitgeben. Nicht wenige Menschen schnüren dieses Paket auf und stellen sich alle Regale in dem Haus, das sie ihr Leben nennen, damit voll. Manches von diesen Dingen mag gut für sie sein, aber vieles davon passt nicht zu ihnen und nimmt den Platz ein, der dann fehlt, wenn man dieses Haus nach den eigenen Vorstellungen einrichten möchte.

Da es Freitag war und der Laden an diesem Tag früher schloss, schob ich schon am Nachmittag mit dir die zwei Büchertische herein, die tagsüber immer vor dem Laden standen, schloss die Tür und zählte den Kassenbestand. Wir hatten noch eine Stunde, bis die Zwillinge von der Ganztagsschule abgeholt werden mussten. In der Zeit begann es draußen zu regnen. Bald war es kein bloßer Regen mehr, sondern ein Wolkenbruch biblischen Ausmaßes. Es blitzte und donnerte und dem Regen mischten sich Hagelkörner bei. So standen wir bei schon gedämmtem Licht, das nur noch von der Schaufensterbeleuchtung in den Laden drang, und waren im Inneren gefangen.

Du begannst zu lachen. „Ich wollte heute Abend auf den Friedhof gehen und meine Mutter besuchen", sagtest du. „Beim letzten Mal, als ich das vorhatte, war der Friedhof weiträumig abgesperrt gewesen, weil eine Fliegerbombe aus dem Zweiten Weltkrieg gefunden worden war. In der Woche davor hatte ich es auch bereits versucht und bin nicht zum Friedhof gekommen, weil ein Betrunkener sein Auto gegen den einzigen Zugang gesteuert hatte und in der Woche davor war ja überraschend meine Halbschwester vor meiner Tür gewesen und hatte mir zum Geburtstag gratuliert, als ich gerade im Begriff war, aufzubrechen."

Ich war fertig geworden mit der Kasse und setzte mich zu dir auf eines der Präsentationsmöbel.

„Meine Mutter ist im Tod genauso wenig zugänglich, wie sie es im Leben war. Aber ich möchte gar nicht schlecht über sie reden.", fuhrst du fort.

„Sie war doch eine großartige Frau, eine Koryphäe am Klavier", warf ich ein. „Du hast mir nie viel erzählt über sie oder deinen Vater", sagte ich.

„Meine Eltern haben sich in dem freien Geist der fünfziger Jahre kennen gelernt. Mein Vater muss auf meine Mutter so gewirkt haben wie Cary Grant auf Grace Kelly in *Über den Dächern von Nizza*, als sie sich kennen gelernt haben. Er war ein sehr adretter Mann. Doch es wurde eine Liebe, in der auf Obsession und Glückstaumel der Mauerbau folgte, der alles zunichtemachte." Sie hielt inne und um ihre Augen war ein trauriger Zug zu erkennen.

„Es ist traurig und ich möchte nicht, dass du traurig wirst", sagte ich. „Lass mich dir etwas vorlesen." Dabei hatte ich schon nach einem Buch gegriffen, dass ich kürzlich entdeckt hatte und das mich seitdem viel beschäftigt hatte. Es waren die Lebenserinnerungen des Rabindranath Tagore. Ich las eine Stelle, die mir besonders gefiel:

„Ich weiß nicht, wer die Bilder auf die Leinwand der Erinnerung malt, doch wer er auch sein mag, was er malt sind Bilder, womit ich meine, dass er nicht einfach alles, was geschieht, getreulich mit seinem Pinsel nachmalt. Er wählt und lässt aus, je nach seinem Geschmack. Er malt manches große Ding klein und manches kleine groß. Er hat kein Bedenken, das, was im Hintergrunde war, nach vorn zu rücken oder umgekehrt. Kurz, er malt Bilder, er schreibt nicht Geschichte. So geht eine Reihe von Ereignissen über die Außenseite des Lebens hin, und im Innern werden eine Reihe von Bildern gemalt. Die beiden entsprechen sich wohl, aber sie sind nicht eins... Die Straße, die wir wandern, das Schutzdach am Wege, unter

dem wir rasten, sind nicht Bilder, solange wir reisen, sie sind notwendig, zu sehr Wirklichkeit. Doch wenn unsere Tagesfahrt beendet ist und wir am Abend, bevor wir in der Herberge einkehren, zurückblicken auf die Städte, Felder, Flüsse und Hügel, durch die der Morgen unsres Lebens uns führte, dann werden diese im Lichte des scheidenden Tages zu Bildern. So sah auch ich zurück, als meine Stunde kam, und mein Blick wurde festgehalten..."

Ich sah, dass es auch dir gefiel. Unterdessen hatte der Regen nachgelassen und wir nahmen unsere Sachen und verließen kurz darauf den Laden, um gemeinsam die Zwillinge abzuholen.

*

Der zweite Sommer

Ein weiteres Jahr war vergangen und die Zwillinge waren mittlerweile schon so groß geworden, dass ich oft staunte, wie schnell die Zeit doch rannte. Sie stritten kaum noch miteinander und es war eine Freude, ihnen beim Spielen zuzusehen.

Seitdem ich zurückgekehrt war in die Buchhandlung, waren auch die Geschäfte gut gelaufen. Ich hatte mich sehr ins Zeug gelegt und einige neue Stammkunden an Land gezogen sowie ein paar größere Veranstaltungen organisiert, bei denen wir viel verkaufen konnten. Es hat sich gezeigt, dass ich doch einige Qualitäten hatte, mit denen ich deine Arbeit gut ergänzen konnte. In all den Jahren seit unserem ersten gemeinsamen Sommer waren wir aber kaum aus dem Dunstkreis der Stadt herausgekommen und wir beide hatten das Gefühl, dass uns die Decke auf den Kopf fiel, wenn auch die rustikale Holzdecke unserer kleinen Wohnung im Bauernhof, mit der wir noch immer sehr glücklich waren. Für Familienurlaube hatte bislang immer das Geld gefehlt. Nun war unser Verlangen nach einer Abwechslung und einer intensiven Familienzeit so groß und unser Kontostand so rosig, dass es uns möglich erschien, die Buchhandlung für kurze Zeit zu schließen. Wir buchten eine Reise, die nicht zu viel kosten durfte, aber uns doch an einen Ort führen sollte, wo das Meer glitzert und die Palmen sich im Wind sachte wiegen.

Schon drei Wochen vor dem Abflugdatum spürte ich ein flaues Gefühl im Magen, wenn sich mir Gedanken an die Reise und die Ängste aufdrängten, die sich mit der neuen Erfahrung eines Familienurlaubs verbanden. Es waren mittlerweile sechs Monate vergangen, seitdem ich zum letzten Mal eine leichte Panikattacke gehabt hatte. Ich hatte das Loslassen gelernt und die Angst, der ungebetene Gast, stand zwar noch im Raum, aber ich ließ ihn kaum mehr zu Wort kommen. Dennoch, die Angst war noch da und ich war mir meiner selbst noch nicht so sicher, dass ich mit Bestimmtheit hätte sagen können, dass ich sie in jeder Situation würde bändigen können. Was würde ich tun, wenn es mir im Flugzeug plötzlich schlecht ginge? Was, wenn gerade dort die Angst mich wieder packen würde? Was, wenn sie mich wieder in den Ring zerren würde und ich ihren Schlägen nicht würde ausweichen können? Ich konnte diese Fragen nicht abschütteln und schon war sie wieder da, die Angst vor der Angst, an der die eigentliche Angst sich weidet.

Als der Tag des Abflugs gekommen war, fühlte ich mich dann erstaunlich gut gewappnet. Ich hatte an den Tagen zuvor viel Sport getrieben, war mit meinen Freunden ausgegangen und hatte alles Mögliche getan, um der Angst keinen Raum zu geben. Trotzdem ahnte ich, dass sie mich nicht in Ruhe fliegen lassen würde. Ich war aber einigermaßen gut darauf vorbereitet, den Kampf gegen sie nicht aufzunehmen und ihre Schläge ins Leere laufen zu lassen, sollte sie mich tatsächlich wieder in den Ring zerren.

Ein herrenloser Koffer hatte für Aufregung gesorgt. Wir mussten eine Stunde im Flugzeug verharren, bis der Fall geklärt war. Ich spürte ein Zittern in den Beinen und leichte Bauchkrämpfe. Mir gelang es nicht, den Ring ganz zu verlassen, aber den härtesten Schlägen konnte ich ausweichen. Der Flug verlief dann ruhig. Die Zwillinge schliefen die meiste Zeit. Der Ausblick auf die Mittelmeerküste und das norditalienische Festland waren schön. Ich las viel in dem Buch, das ich mitgenommen hatte, um mich von dem Gedanken abzulenken, in einer Röhre zu sitzen, aus der es kein Entkommen gab. Ich hatte mir am Flughafen aus der überschaubaren Auswahl an englischsprachigen Büchern den Titel *Eat, Pray, Love* von Elizabeth Gilbert gekauft, um mein Fernweh zu schüren. Du legtest deinen Kopf an meine Schulter und warst schnell eingeschlafen. Mir war das im Flugzeug noch nie gelungen.

Eine Stunde vor der Landung legte ich mein Buch zur Seite. Durch die Bewegung wachtest du auf.

Als das Flugzeug aufsetzte, war ich so erleichtert, dass für einige Momente alle Angst von mir abfiel und ich so etwas wie

Stolz empfand, stärker als sie gewesen zu sein.

Später, am Flughafen, warteten wir eine Viertelstunde, bis unser Bus Richtung Rijeka kam und mit uns in den Sonnenuntergang an der Kvarner Bucht hineinfuhr. Wir nutzten die Zeit, um die Zwillinge mit Essen zu versorgen.

Während der Fahrt hing ich einem Tagtraum nach, während die Zwillinge erstaunlich ruhig waren. Sie spielten ein Kartenspiel und das Ganze verlief harmonisch. Ich ließ meiner Fantasie freien Raum. Das war etwas, was ich während der dunklen Jahre nach dem ersten Sommer nicht mehr gekonnt hatte.

Ich dachte an die ersten Menschen, die das Land hier besiedelt hatten.

Das Tageslicht wich zurück und der Mensch machte in meiner Fantasie ein Feuer, um das sich die Meute versammelte. Einer nagte an einem Schienbein, vielleicht von einem Urpferd wie dem Equus hydruntinus. In der Bucht unterhalb des Hanges reflektierte die stille See die ersten Strahlen des Mondlichts. Die

Luft war warm und der Feuerplatz war gut gegen jedes Wetter geschützt. Er lag in einer Aula aus Stein, die sich vom weißen Karst des Učka-Gebirgsmassivs zum Meer hin wie eine Muschel öffnete. Der Anführer der Gruppe hatte Männer, Frauen und Kinder aus der Kälte nördlicherer Regionen durch die julischen Alpen bis hierher geführt. Als er hinter der letzten felsigen Erhebung das Meer vor sich und seinen Leuten ausgebreitet sah und den milden Atem dieses Landes auf sich spürte, da wusste er, dass er einen Ort gefunden hatte, an dem er bleiben wollte. Die Frauen fanden Früchte und Kräuter im Überfluss und die Männer brachten von der Waid das beste Fleisch und lernten bald, wie sie im klaren Wasser aus der überbordenden Vielfalt der Arten die schmackhaftesten Fische fangen konnten. Die Kinder jagten sich in den Olivenhainen und lernten im Spiel Dinge für das Leben, das ihnen vorbestimmt war. Das Leben hier war lang und gut. Der Anführer starb erst mit 99 Jahren und hinterließ 12 Kinder. Es folgte Generation auf

Generation, ohne dass sich viel am Leben veränderte.

Nach ungezählten Geburten und ungezählten Toden klapperten die Hufe römischer Legionäre auf der Pflasterstraße, die unterhalb der steinernen Aula am Meeressaum entlang führte. Caius Secundus ahnte nicht, dass hier einmal der Anführer der Gruppe aus dem Norden seinem Weib in die Arme gefallen war, als sie beide zum ersten Mal in ihrem Leben das Glitzern der Sonne auf dem Wasser sahen, das bis zum Horizont und weiter reichte.

*

Wir fuhren über den Asphalt, und niemand im Bus ahnte, dass darunter noch immer die Pflastersteine zu finden wären, die von Sklaven des Caius dort mit viel Schweiß und Mühen verlegt worden waren.

Ich hing noch eine Weile dem Traumbild nach und blickte dann aus dem Fenster des Busses, der nahe dem Hafen von Rijeka am Busbahnhof zum Stehen kam und bis dahin viel fossile Energie einer Sonne verbraucht hat, die schon lange vor den ersten Menschen das Leben auf der Erde hatte sprießen lassen.

Ich fühlte kurz einen Kälteschauer und spürte einen Anflug von Angst, als ich aus den Tagträumen erwachte. Als ich mit dir in das Licht der untergehenden Sonne trat und die mediterrane Wärme uns wieder umfing, war der Schatten verflogen. Wir machten uns auf und suchten das Hotel. Als wir nach zehn Minuten noch immer unterwegs waren, die schweren Koffer hinter uns herziehend, begannen die Zwillinge zu maulen. Laut Plan hatten wir noch etwa weitere zehn Minuten Fußweg vor uns. Um die Stimmung aufzuhellen, beschlossen wir, eine kleine Rast einzubauen. An der Promenade würde es doch sicher einen Eisstand geben. Wir überquerten eine breite Straße und gingen unter Palmen weiter, bis das Meer vor uns lag. Kinder mit Eistüten in den Händen kündeten bereits davon, dass wir auf dem richtigen Weg waren. Nachdem wir die Kinder mit Eis versorgt hatten, kamen wir über eine breite Freitreppe zu der Aussichtsterrasse vor der Kapuzinerkirche Maria Lourdes und hielten kurz inne, um von der Galerie aus ein erstes Bild dieser Stadt in uns aufzunehmen. Sie nahm uns auf wie ein impressionistisches Gemälde, das den Rottönen des Abends den Geruch von Seetang, das Schreien der Möwen und den Laut eines Schiffshorns in weiterer Ferne hinzufügte und in dem alle Sinneseindrücke zusammenflossen. Ich küsste dich sanft auf die Lippen und sah in deinen Augen, dass du glücklich warst. Es war nur ein sehr kurzer Moment, aber er gehörte uns, nur uns beiden. Frau Dr. Sekida hatte mich gelehrt, das Bewusstsein für den Augenblick zu

schärfen und solche Momente wahrzuneh-
men, in denen kurz alles still zu stehen
scheint. Die Zwillinge rannten unterdessen
an der Balustrade hin und her und jagten
sich.

Der Weg zum Hotel führte uns noch durch
den Corso, die Ladenstraße, in dem ein Ge-
schäft neben dem anderen mit bunten
Auslagen um die Aufmerksamkeit der Passanten buhlte. An einem Stand mit Plas-
tiknippes blieben die Zwillinge hängen und
wollten Pistolen haben, die kleine Kügel-
chen schießen konnten. Ich war erstaunt,
dass sie nicht in Weinen ausbrachen, als
wir ihnen den Wunsch verwehrten. Beinahe gleichmütig nahmen sie es auf. Dann
wurde aus der breiten Straße eine schmale
Gasse und dort, wo die schmale Gasse
häuserumstanden endete, war der Eingang zu unserem kleinen Hotel, das alt
und würdevoll seine Gastlichkeit anbot.
Auf die Fassade fiel noch der Schatten einer Marienkirche, bevor das Tageslicht
ganz erlosch.

*

Ich wachte auf. Es war noch Nacht. Du schliefst fest und auch in dem Bett, das die Kinder sich teilten, rührte sich nichts. Ich schaute auf den leicht im Wind wiegenden Vorhang, in dem sich Fetzen des Lichts von der Straßenbeleuchtung verfingen. An einer Stelle schien das Licht von Sternen durch einen unverhüllten Quadranten des Fensters. Wenn der Streit zum Ruhen kam, der im Nachbarhaus zwischen Mann und Frau tobte, nur für einen Moment, dann glaubte ich die ferne Brandung am Hafen von Rijeka zu hören.

Du lagst auf dem Rücken und ich konnte die Formen deines Körpers unter dem dünnen Bettlaken erkennen. Ich hatte das Verlangen, dich zu berühren, betrachtete aber nur weiter und fühlte kurz die Melancholie, dich zu lieben und dich doch nicht erreichen zu können.

Ich schlief wieder ein. Der Streit des Paares im Nachbarhaus wurde zu einem Klangteppich, den ich in meinen Traum einflocht. Ich saß darin im Zuschauerraum eines Theaters und auf der Bühne waren ein Mann und eine Frau, die nebeneinander auf dem Boden lagen und wie leblos die Decke anstarrten. Der Mann sprach unverständliche Worte, während die Frau bloß schwieg. Es wurde eine Leinwand heruntergelassen, auf der in rasanter Folge Standbilder wechselten. Es waren Bilder aus dem Leben der zwei Gestalten, die noch immer wie leblos im Dunklen lagen. Als auch das Licht auf der Leinwand erlosch und sie wieder dorthin verschwand, wo sie hergekommen war, lagen dort bloß noch zwei Skelette. Ich wachte auf und wälzte mich im Grauen dessen, was ich im Traum gesehen hatte.

Wir verließen am nächsten Tag Rijeka und fuhren in einem Linienbus an der Küste entlang, bis wir an der Rotunde des alten Kurhauses in Opatija ausstiegen. Der Asphalt schien bei jedem Schritt nachzugeben, als hätte er sich in der Gluthitze des Mittags verflüssigt. Ich war schwach auf den Beinen. Als ich trotz der Hitze zu zittern begann, bat ich dich, mich kurz alleine zu lassen. Du gingst mit den Zwillingen zu den Schaufenstern am anderen

Ende des Platzes. Ich setzte mich auf eine Bank im Palmenschatten und richtete den Blick starr auf den Boden vor mir. Es gelang mir, für einen Augenblick reines Bewusstsein zu werden und dann alles Denken, alle Erwartungen und damit auch die Angst vor der Angst abzuwerfen. Die jahrelange Meditationspraxis hatte mir die Fähigkeit verliehen, kurzzeitig eine Leere in mir zu erschaffen und mich neu zu kalibrieren. So wie ein Gefäß, dessen Wände ein Vakuum nur kurz halten können, sträubt sich auch das menschliche Gehirn dagegen, die Leere zuzulassen. Wenn sie aber eintritt, dann hat das einen kathartischen Effekt. Alles ist raus und wenn der Raum sich wieder füllt, dann füllt er sich langsam und nicht zwangsläufig mit denselben Inhalten, die vorher entwichen waren. In der Ruhe, die ich durch die kurze Meditation in mir geschaffen hatte, konnte ich alle Gedanken, die nach und nach wieder in die Leere drangen, neu ordnen. Der Atem ging freier, ich spürte wieder mehr Kraft in meinen Gliedern und die Angst war einer positiven Erwartung gewichen, die mit einem Tatendrang einherkam.

In Opatija liefen wir in Orientierungslosigkeit zuerst in die falsche Richtung. Im Hotel, das wir letztendlich fanden, erklärte uns dann der Rezeptionist in schwer verständlichem Englisch, dass es bei der Buchung ein Fehler gegeben habe und nur noch ein Zimmer frei sei, das normalerweise nicht vermietet würde. Den Grund habe ich nicht verstanden, aber wir haben es genommen. Ich stellte mir vor, dass es dort womöglich spukte und sah mich bereits um drei Uhr nachts im Bett sitzen und mich vor dem Kettenschlagen des Gespenstes von Canterville fürchten. Diese Vorstellung verflog nicht, sondern wurde noch verfestigt, als ich mit dir im Treppenhaus des alten Baus aus k.u.k.-Zeiten stand. Er war einmal ein Prachtbau gewesen, dessen Pracht längst abgeblättert war. Vom Concierge wurden wir in ein immerhin recht großes Zimmer unter dem Dach geführt, auf dessen Fenstersims die Tauben nisteten. Es drang nur wenig Licht hinein, weil die Fenster auf einen Hinterhof blickten.

Ich erzählte dir und den Zwillingen von meinem Verdacht, dass es in dem Hotel spuken könnte. Das war ein Fehler, wie sich später beim Zubettbringen der Zwillinge zeigte.

"Mir gefällt es", sagtest du und lächeltest mich an. "Es ist romantisch und so weit entfernt von der heutigen Zeit", fuhrst du fort und strecktest deine Arme nach mir aus. Wir hätten miteinander geschlafen, wären da nicht die Kinder gewesen.

Als wir das Zimmer verließen und über die knarrenden Holztreppen in die lüsterbehangene Eingangshalle traten, war es bereits Mittagszeit. Wir fühlten uns kurz frei von allen Zwängen, als wir in das Licht auf die Uferpromenade traten. Künstler und fliegende Händler hatten dort im Palmenschatten kleine Stände aufgebaut, an denen sie Zeichnungen, Gemälde und Schmuck verkauften. Wir schlenderten an den Auslagen entlang und nahmen manches in die Hand, um es zu prüfen. Ich wollte dir ein Stück von diesem Ort schenken, das zu Hause zu einem Gegenstand werden würde, in dem das Gefühl dieser Augenblicke konserviert wäre.

Manche Händler waren aufdringlich und traten auf uns zu mit Worten wie "deutsch? Bayern München, Kölner Dom. War dort, habe gesehen, schön. Schauen hier".

Wir hielten uns an die stillen, alten Händler, die an ihren Pfeifen zogen und schon vieles kommen und gehen gesehen haben. Bei einem fand ich etwas, das ich sofort kaufte und es dir gab. Es war ein kleiner Anhänger an einem Kettchen - ein tropfenförmiges Mosaik aus altem Buntglas, das in stark angelaufenes Silber gefasst war.

Am Ende der Promenade bogen wir in einen schmalen, geteerten Pfad entlang der Felsküste ein, der an Badestellen zur Rechten und alten Villen, kleinen Hotels und Bars zur Linken vorbeiführte. Das Wasser war so klar, wie ich es noch an keiner Küste gesehen hatte. Es wurde kein Sand aufgewühlt, weil der sandige Boden erst so weit draußen begann, dass er in größerer Tiefe lag. Und doch schimmerte er golden im Sonnenlicht durch den wogenden Kristall hindurch und gab dem Meer zu dem Glitzern an der Oberfläche ein lockendes Leuchten aus der Tiefe. Ich wäre gerne dort stehen geblieben und hätte die Szenerie länger auf mich wirken lassen, aber die Zwillinge zerrten uns lautstark zur Badestelle.

Der Tag verging unter einem Bastschirm, den wir uns mieteten. Es war gut so. Wir genossen es, zusammen zu sein und genügten uns selbst. Ich hatte das Gefühl, das lange, orientierungslose Wandeln in dunklen Tälern endgültig hinter mir zu haben. Ich wollte in diesen Momenten in meinem Leben nichts mehr erreichen, weil ich dort angekommen war, wo ich nichts mehr ändern wollte. Meinem Gehirn wären viele Dinge eingefallen, die in meinem Leben mit Defiziten behaftet waren, aber ich glitt unter diesem Bastschirm in einen Bewusstseinszustand, in dem ich weit über all dem schwebte, was dieses Organ an Unrat ausstieß. Aus dieser Höhe konnte ich mir herausgreifen, was mir gefiel und die Gedanken liegenlassen, die mich früher so sehr nach unten gezogen hätten, mitten hinein in den Morast.

*

Es war früher Abend geworden. Auf dem Korso fuhren Neureiche ihre automotiven Errungenschaften aus und ließen sich den Wind durch das Haar wehen. Wir betraten ein Restaurant, das ein wenig abseits der Hauptstraße lag und dessen Lage einen freien Blick auf das Meer versprach.

Nahe dem Eingang spielte ein Pianist. Die Tische waren in einem engen Schlauch zwischen dem Tresen und der breiten Fensterfront zum rot glühenden Meer hin aufgestellt. Nischen aus halbhohen Bambuspfählen an den Seitenwänden und eine schummrige Beleuchtung schufen eine geradezu intime Atmosphäre. Seit der Geburt der Zwillinge war ich nicht mehr an einem solchen Ort gewesen, an dem das Leben in einer schillernden Leichtigkeit zelebriert wurde, deren Verlust ich in diesem Augenblick überdeutlich spürte. Mich befiel kurz ein Unbehagen, in diese Atmosphäre mit den lärmenden Zwillingen einzudringen, die voranpreschten und einen Tisch in einer der Nischen aussuchten. Dies war offenkundig kein Lokal, in dem Familien mit Kindern zum Stammpublikum gehörten.

Zuerst wollte ich umkehren und mit euch das Restaurant wieder verlassen, aber dann merkte ich, dass dies nicht mein eigener Wille war, sondern eine Eingebung des Über-Ichs, das mir sagen wollte: „Du bist ein Familienvater, ein Vernunftmensch, für den solche Vergnügungen nicht bestimmt sind. Du gehörst hier nicht her." Reflexartig schoss mir dann aber der Gedanke durch den Kopf, dass ich genau zu diesem Zeitpunkt an diesem Ort sein wollte und es verdient hatte. Ich hatte mich lange von diesem Über-Ich geißeln lassen, bis ich endlich erkannte, wie sehr ich mich damit selbst verleugnet hatte.

Das Wohl der Zwillinge war mir wichtig, aber ich stellte es nicht mehr immer und unbedingt über mein eigenes. Die Zwillinge würden damit klarkommen müssen, dass dies ein Ort für Erwachsene war, an dem Kinder allenfalls geduldet waren, aber sich still zu verhalten hatten. Morgen würden wir dafür wieder in ein Eiscafé mit niedlicher Kätzchen-Deko gehen, in dem es Eisbecher mit Mickymaus-Schirmchen gab. Ich eilte zu den Zwillingen und herrschte sie an, sich angemessen zu verhalten. Ich hatte leise gesprochen, aber mit einer Bestimmtheit, die die Kinder augenblicklich verstummen ließ. Als wir saßen, streichelte ich beiden über den Kopf und erklärte ihnen, dass das Liebespaar in der Nachbarnische oder der Herr im weißen Leinenanzug, der an der Bar stand, den Abend in der gedämpften Atmosphäre dieses Lokals ausklingen lassen wollten. Lautes Geschrei und Krakeel passten da nicht hinein. Ich war selbst erstaunt, dass die Zwillinge sich danach ruhig verhielten. Sie wiegten sich leise in der Musik hin und her, wirkten beim Blick auf das wogende Meer beinahe andächtig und fertigten still einige Zeichnungen an, die sogar ganz gelungen waren.

In jeder Nische hatte die Wand eine Vertiefung, in der eine schwarz lasierte Tonvase in der Form eines Kokons stand. In der Luft lagen Düfte von den Parfums der Gäste, die nach dezenter Vergnügung trachteten. Ich ließ mich ganz ein auf das, was ich sah und hörte. Deinen Blick suchend, griff ich über den Tisch nach deinen

Händen. Der Moment hatte etwas Erregendes, einen Anklang an das Begehren, das ich gespürt hatte, als ich dich zum ersten Mal sah.

Ich nahm dich wahr und mir wurde dabei bewusst, dass ich in den Jahren zuvor nur selten so ganz bei dir gewesen war mit meiner Wahrnehmung. Du musstest darunter gelitten haben. Dein Haar war zu einem Pferdeschwanz gebunden. An deinem Hals trugst du eine Brosche deiner Mutter. Als unsere Blicke sich fanden, schienst du mir traumverloren. Unsere Blicke ruhten lange ineinander und der Moment wurde wertvoll.

„Bist du glücklich?", fragte ich dich.

„Ja", sagtest du, „in diesem Moment."

Dann redeten wir über den Tag und darüber, was der nächste Tag uns bringen möge. Wir beschlossen, nichts zu planen und den Tag einfach so anzunehmen, wie er sich uns darbieten würde. Als ich dann die Zwillinge sah und auch sie wirklich wahrnahm, dachte ich an meine eigene Kindheit und befragte dich zu deiner.

„Was war das Glück für dich, als du Kind warst?", fragte ich. Ich weiß nicht mehr, warum ich dich gerade das fragte, aber es war mir spontan in den Sinn gekommen.

Du dachtest eine Weile nach, bevor du sprachst. „Die Nachmittage im Fahrtwind auf dem Rad zu verbringen. Ich habe den Duft der Erde und der Heide und den leichten Schwindel vom Geschwindigkeitsrausch geliebt, wenn ich mit meiner einzigen Freundin Marie weit in die Heide gefahren bin."

Als du geendet hattest, ergriff ich das Wort. „Ich war auch immer dann glücklich, wenn ich frei war und keine Pflichten hatte. Wo ist die Leichtigkeit hin, die wir in solchen Momenten als Kinder gespürt haben?", fragte ich.

„Ich weiß es nicht. Wir haben uns einfach ausgezogen und sind im Weiher geschwommen und waren schwerelos, ohne auch nur einmal an irgendetwas anderes zu denken. Die Sommerferien waren lang und gaben Kindheitssommern eine unwiederbringliche Freiheit. Wir haben uns

Spiele ausgedacht und sind in Rollen ge-
schlüpft, in denen uns keine Fantasie zu
bunt war."

„Du sagtest mal, Deine Mutter sei
schwer zugänglich für dich gewesen, wolltest aber nie darüber sprechen. Kannst du
jetzt darüber reden?", fragte ich.

Du hieltest einen Moment inne, bevor du
antwortetest. „Meine Eltern habe ich seit
meinem elften Lebensjahr nur unglücklich
erlebt. Meine Mutter hat ihren Mut verloren, als sie krank wurde und die Musik
verlor. Sie war Pianistin und hatte sogar einen Lehrauftrag an der Leipziger Hoch-
schule für Musik und Theater, die weit
über die Grenzen der DDR hinweg renom-
miert war. 1985, am 14. November, hatte
sie abends ein Konzert gehabt. Es war ihr
erstes und einziges Konzert, das sie vor
großem Publikum im Gewandhaus spielen
durfte. Sie war so berauscht vor Glück und
hat mit uns nach dem Konzert auf dem Augustusplatz getanzt. Am nächsten Tag erhielt sie einen Anruf vom Arzt. Es war nur
eine Routineuntersuchung gewesen, bei

der man eine unaufhaltbare Autoimmun-
erkrankung bei ihr entdeckt hatte, die sie
fünf Jahre lang hat dahinschwinden lassen. Sie hat noch erlebt, wie mit dem Sozialismus das zusammenbrach, woran sie
geglaubt hatte. Sie war groß geworden in
einem Umfeld, das für progressive Ideen offen war und der Sozialismus hatte sie dorthin geführt, wonach ihr Streben ausge-
richtet war. Mein Vater war kein Sozialist.
Er war Buchhändler geworden, weil sein
Großvater und sein Vater dies schon gewesen waren und weil er die Buchhandlung
liebte. Es war der einzige kleine Ort, für
den er den Begriff Heimat gebraucht hat.
Er hat den Sozialismus alleine schon deshalb gehasst, weil er ihm vorschrieb, womit
er seinen Geist betätigen durfte und womit
nicht." Du unterbrachst dich und sahst
mir ins Gesicht. „Als meine Eltern sich
kennenlernten, da war mein Vater sofort
verliebt in meine Mutter. Nach dem Tod
meiner Mutter wurde er bald auch sehr
krank, seelisch krank. Bevor er starb,
sagte er zu mir, er hätte noch so viel Liebe
zu geben gehabt, aber der Mensch, der sie

immer empfangen hatte, sei nicht mehr dagewesen. Das war für ihn nicht erträglich. Ich hatte damals nur gedacht, dass ich doch noch dagewesen bin. Warum hat er all die Liebe, die er noch hätte geben können, nicht mir gegeben?"

„Ich glaube", sagte ich, „eines der größten Unglücke des Menschen ist es, viel Liebe geben zu wollen und niemanden zu finden oder niemanden sehen zu wollen, der sie haben will."

„Ja, niemanden zu sehen, der sie haben will... Ich hätte sie gewollt. Ich wollte ihm helfen, aber mein Vater hat seine Liebe nie teilen oder vermehren können und hatte davon für mich nur sehr wenig übrig gehabt. Als ich beschloss, Buchhändlerin zu werden, war er schon so verbittert, dass er nur noch den Kopf geschüttelt und gesagt hat, ich solle doch etwas Anständiges machen. Sein Lebensinhalt, die Literatur und die Literaten, hat er in seinen letzten Jahren nur noch verachtet und gesagt, es seien alles Chimären, die dir nie das gäben, was sie versprachen und dich stattdessen von der Wirklichkeit fernhielten und dich in eine Kammer einschlössen, in der sie dich mit dir und einem fauchenden Ungeheuer alleine ließen."

Das also war deine Vergangenheit. Ich nickte bloß stumm und blickte auf die Wellen. Wir waren schon so lange zusammen gewesen, aber über das Unglück in deiner Kindheit hattest du zuvor noch kaum gesprochen. Ich hatte dich auch nicht danach gefragt und es liegt in deiner Natur, über deine Last, die du mit dir herumschleppst, nicht zu sprechen.

*

Ich schlief unruhig in der Nacht und lag einige Stunden wach. Ich spürte dennoch keine Müdigkeit, als der Morgen gekommen war. Ich versuchte, die Uhrzeit abzulesen und erkannte, dass es bereits nach neun war. Ich wollte dich sanft wecken, aber zuerst den Vorhang einen Spalt breit öffnen, um deine ersten Regungen in dem intimen Moment des Aufwachens sehen zu können. Ich schlich ans Fenster und zog an dem Stoff, der sich geräuschvoll bewegte.

Ich stand noch mit dem Rücken zum Bett, da fragtest du mich: „Was siehst du?"

Ich blickte mich nicht nach dir um, sondern schaute durch das verdreckte Fenster. „Ich sehe eine Wand aus Backsteinen. Unten, auf dem kleinen Rechteck, das den Innenhof bildet, sehe ich einen Abfallcontainer, um den verstreut Küchenabfälle liegen. An dem Container lehnt ein kaputtes Dreirad und auf der anderen Seite..."

Du unterbrachst mich: „Du siehst nur das, was du direkt vor deiner Nase hast. Beginne noch einmal und diesmal mit dem Meer."

Ich schloss die Augen, um besser sehen zu können, was du mich sehen lassen wolltest. „Ja, ich sehe das Meer." Ich schwieg.

Deine Stimme drang in meine Dunkelheit. „Wie ist das Meer? Ist es ruhig oder aufgewühlt vom Sturm? Siehst du Schiffe am Horizont und Menschen an der Küste?"

Jetzt sah ich es deutlich vor mir. „Auf dem Meer, das ruhig wie ein See vor mir liegt, spiegelt sich gleißend das Sonnenlicht. Am Horizont ist ein Segelboot. Nur dieses eine Boot sehe ich auf dem gekräuselten Spiegel der Wasseroberfläche. An der Küste, es ist eine felsige Küste, sind auf steinernen Terrassen Menschen. Ich sehe einen Mann und eine Frau, die ihre Hände ineinander gelegt haben und zu dem Boot blicken. Ein Junge von etwa zehn Jahren rennt in eine Richtung davon. Ich sehe, zu welchem Ziel er strebt. Oben, an der Promenade ist ein Eisverkäufer. Mein Blick schweift von der Ferne des Horizonts bis zu den bunten Blumen und den wehenden Fahnen am Geländer unserer Hotelterrasse. Ich suche nach dem einen, das in diesem Bild fehlt und finde es. Ich sehe dich und das Bild wird vollkommen. Nein halt, dort sind auch die Kinder. Jetzt erst ist es vollkommen. Ihr steht schon unten, habt einen Tisch für uns gefunden und blickt zu mir empor, winkend und mich rufend. Ich eile zu euch."

Ich öffnete die Augen und drehte mich nach dir um. „Ich eile zu euch", wiederholte ich und legte mich neben dich auf das Bett.

„Danke, dass du mir beschrieben hast, was du draußen gesehen hast", sagtest du. „Jetzt haben wir eine Erinnerung an diesen Ort, an dem die Blumen an der Hotelterrasse blühen und die Fahnen wehen." Du lächeltest und strichst mir Haare aus dem Gesicht.

„Aber es ist nicht real. Es ist zwar ein schönes Bild, aber in Wahrheit ist dort ein Müllcontainer. Ich sage nicht, dass mich das stört. Mit dir und den Kindern hier zu sein, macht mich glücklich. Das Bild hätte noch so schön sein können, vollkommen wurde es erst mit euch und dem Erwachen aus dem Traum, dem die Feststellung folgte, dass ihr tatsächlich hier bei mir seid. Vorher war es leer, nur eine Klitterung aus Fragmenten, die meine Fantasie mir hingeworfen hat."

Du nicktest, wirktest aber noch nachdenklich. „Ich bin auch glücklich, mit euch hier zu sein. Die Müllcontainer stören mich auch nicht, aber trotzdem danke ich dir für das Bild, das du entworfen hast. Es ist nicht nichts. Es ist wertvoller als du denkst, denn es ist ein Bild, das du für uns beide erzeugt hast. Und, was mich besonders glücklich macht, du hast auch die Kinder in deinem Bild vom Glück gesehen. Ich glaube, vor zwei Jahren hättest du das noch nicht."

Ich sah hinüber zu dem Bett, in dem die Kinder noch schliefen. „Du hast Recht. Ich habe sehr lange dafür gebraucht", sagte ich und hielt dann kurz inne. „Ich muss gerade an das Denken, was Tagore zu den Bildern geschrieben hat, die unsere Erinnerung ausmachen. Ich habe wohl gelernt, die Pinsel selber in die Hand zu nehmen. Jetzt sehe ich auch all die Farbeimer vor mir, die das Leben mir bereitstellt. Ich tunke fast nach Belieben meinen Pinsel hinein, um ein farbenfrohes Bild malen zu können."

„Du tunkst deinen Pinsel hinein?", fragtest du und lachtest dabei. Mir wurde die unfreiwillige Komik bewusst, die darin lag.

Ich küsste dich und du legtest deine Arme um mich und erwidertest mein Küssen. „Das Meer wird vor uns liegen und wir werden Dinge sehen und erleben, die du dir noch gar nicht vorstellen kannst", flüstertest du.

*

Es vergingen einige Tage, an denen wir nicht viel mehr taten als am ersten Tag. Wir genossen das Familiendasein am Meer, kauften Eisbecher und waren auch nochmal in einem Restaurant, in denen zu angenehmer Klaviermusik Cocktails serviert wurden. Zwei Tage vor unserer Abreise wollten wir dann aber doch etwas unternehmen und hatten einen Ausflug in eine Hafenstadt geplant, die gut mit dem Bus zu erreichen war. Der Tag verlief dann etwas anders, als wir es uns ausgemalt hatten.

Das Frühstück wurde, wie immer in einem Bankettsaal aus k.u.k-Zeiten, serviert. Der Protz und Prunk früherer Zeiten war in den verschlissenen Stofftapisserien an den Wänden, den Säulen mit brüchigem Putz und den erblindeten Kristalllüstern noch zu erahnen. Der Hochadel war in den goldenen Zeiten Opatijas aus Wien angereist, um hier an der Kvarner Bucht nachmittags ein Bad zu nehmen und sich anschließend im Salon zu Zigarre und einem Cognac der Marke Courvoisier den Debatten über Politik anzuschließen, die im Gange waren. Die Damen unterhielten sich unterdessen über das, was Mode war in Paris oder was sich am Hofe zu St. Petersburg für eine Affäre ereignet hatte.

Heute waren hier lauter junge Paare zwischen zwanzig und dreißig Jahren, was daran lag, dass dieses Hotel die günstigsten Übernachtungspreise in ganz Opatija anbot. Dementsprechend drehten sich die Unterhaltungen um Clubs, Wassersportaktivitäten und manchmal auch um Wanderziele oder kulturelle und landschaftliche Höhepunkte der Region. Andere Familien mit Kindern hatten wir bis dahin nicht gesehen. An diesem Tag aber saßen am Nachbartisch ein junger Mann und eine junge Frau mit ebenfalls zwei Kindern, die etwa in demselben Alter sein mochten wie unsere Zwillinge. Sie mussten am Vortag angereist sein.

Die Frau trug ihr langes, dunkelblondes Haar offen und hatte einen kleinen Mund mit vollen Lippen und Augen von grünlichbrauner Farbe. Ihre Statur war zierlich und die Bewegungen, die sie mit ihren schlanken Händen vollführte, verrieten eine innere Spannung. Der Mann wirkte auch im Sitzen groß und hatte ansonsten einen unauffälligen Körperbau. Er blickte unter einer hohen Stirn, die kaum von seinem bereits spärlich gewordenen braunen Haar bedeckt war, mit grauen Augen durch eine Brille mit kreisrunden Gläsern.

Als wir hörten, dass die Familie am Nachbartisch auch deutsch sprach, beschlossen wir, sie anzusprechen.

„Wo kommt ihr her? Ich glaube, da einen sächsischen Dialekt herauszuhören", sagtest du mit deinem charmanten Lachen.

„Aus Leipzig", antworteten sie.

„So ein Zufall, wir auch", entgegnete ich.

Nach einigen weiteren Sätzen, in denen wir noch über unsere Berufe und einige unserer Freizeitinteressen gesprochen hatten, erzähltest du von unserer Tagesplanung.

„Wir möchten in einer halben Stunde den Bus nach Pula nehmen. Das ist ein Ort an der Adriaküste mit Ausgrabungen aus der Römerzeit. Außerdem ist ihm in der Geschichte der Weltliteratur eine Randnotiz geschuldet. James Joyce gab dort als etwa 23-Jähriger österreichisch-ungarischen Offizieren an der Berlitz-School Unterricht in Englisch."

„Das klingt interessant", sagte die Frau. „Wir hatten für heute eigentlich einen Tag im benachbarten Fischerdorf Lovran geplant, aber, wenn ihr nichts dagegen habt...", sie unterbrach sich dann selber, um nach einer theatralischen Pause fortzufahren. „Wir wollen uns nicht aufdrängen, aber vielleicht können wir euch begleiten. Die Kinder hätten sicher Spaß zusammen."

*

Wenig später fuhren wir zu acht mit dem Bus von der Ostküste der istrischen Halbinsel zur Westküste. Wir redeten zuerst wenig und hielten unsere Blicke auf die Landschaft gerichtet, die wir durchquerten. Die Kinder hatten sich mehr zu erzählen und mussten ein paar Mal ermahnt werden, die anderen Fahrgäste nicht zu stören.

Zuerst folgten wir der kurvenreichen Küstenstraße, die hinter jeder Biegung einen neuen fulminanten Ausblick auf Felsen und das Meer preisgab. Dann gelangten wir über eine Passstraße in das flachere Binnenland und ließen den Höhenzug des Učka-Gebirges hinter uns. Ich sah ein kleines Haus, das einsam auf einem Hügel stand. Davor spielten einige Kinder und ich musste kurz daran denken, wie ich in meiner Kindheit meistens daneben gestanden habe und nur zuschauen durfte, während die anderen miteinander spielten. Ein kurzer Widerhall des Gefühls, ein Sonderling zu sein, mit dem niemand spielen wollte, flackerte in mir auf. Ich dachte, dass jeder Mensch einen Kosmos von solcher Größe und Komplexität in sich trägt, dass der Gedanke daran mich schwindeln ließ.

Nach etwa zwei Stunden Busfahrt erreichten wir Pula. Der Busbahnhof lag am Rand der Stadt. Dort befanden sich Autowerkstätten, Polstereien, ein Schrottplatz, ein Supermarkt und andere Gewerbe. In einer Stadt, so schien mir, hat alles den Platz, der dem Wert entspricht, den die Menschen ihm geben. Wenn eine Gesellschaft Schönes hervorbringt, dann stellt sie es gemäß ihrem heliozentrischen Weltbild in der Mitte auf und nur selten am Rand. Am Rand sind die profanen Dinge, die das Gefühl kalt lassen, während im Zentrum zwischen dem Alten und Ehrwürdigen die Boutiquen, die Parfümerien, die Confiserien, die Feinkostgeschäfte und die Cafés sind. Dort strebten wir hin.

Wir folgten vom Busbahnhof aus einem Wegweiser für Fußgänger, der uns von der Hauptstraße wegführte. Über eine Stiege zwischen zwei Wohnhäusern, an der besonders die Kinder ihren Spaß hatten, gelangten wir auf eine steil abfallende Gasse, die so gerade verlief, dass wir von dem Punkt, an dem wir standen, einen schmalen Ausschnitt des Meeres bis hin zum Horizont überblicken konnten. Ein leichter Wind trug die herbe Seeluft an uns heran, die durchmischt war mit einem Geruch nach dem Moder aus alten Kellergewölben. Im Häuserschatten war eine Kühle, die uns Gänsehaut auf die überhitzten Körper trieb. Ich spürte einen merkwürdigen Anflug von Depression und Angst.

„Ich habe das Gefühl, als wäre ich hier schon einmal gewesen, auch wenn ich weiß, dass es nicht sein kann", sagte ich.

Du standst mir gegenüber und blicktest mir ins Gesicht. „Solche Gassen sind überall in den Orten entlang der Mittelmeerküste, gerade dort, wo die Bebauung vor dem Krieg entstanden ist. Die Häuser ducken sich aneinandergeschmiegt gegen die Gewalten der Natur", sagtest du.

Das andere Paar lief Hand in Hand. „Du könntest auch in einem früheren Leben schon einmal hier gewesen sein", sagte der

Mann. Ich konnte an dem Tonfall seiner Stimme nicht erkennen, ob er es ernst meinte, wollte darauf aber auch nicht eingehen, da ich die Gefahr sah, in eine pseudophilosophische Debatte über Reinkarnation und Paralleluniversen abzudriften. Ich hatte Angst vor einem Seelenunwetter. Wenn die Angst mich befiel, konnte es noch immer geschehen, dass etwas vor mir den Boden aufriss, um den Blick auf den allen Sinn verschlingenden Schlund aufzutun, der bis in den Höllengrund der Vorstellung vom Nichts reicht. Also lachte ich bloß.

Als wir aus dem Dunkel der Gasse in das Licht traten, hatten wir zu unserer Rechten das Amphitheater aus Römerzeiten und vor uns das wogende Meer. Nach dem Zwielicht der Gasse und der Enge zwischen den Häuserfronten war die Mischung aus Glut und Helligkeit und dem Anblick von räumlicher und historischer Weite so verblüffend, dass wir stehen blieben und verstummten. Das Rauschen der Wellen und des Windes in den Platanen am Küstensaum, in das sich Fetzen von Rufen mischten, die aus der großen Arena zu uns drangen, waren alles, was wir hörten.

Sebastian war der Erste, der etwas sagte. „Ich bin gerade stärker beeindruckt als ich es damals vom Kolosseum in Rom war. Das hier ist kleiner als das Kolosseum, das ist klar, aber es ist größer und viel besser erhalten als ich es mir vorgestellt habe."

Die Außenmauern des Amphitheaters ragten etwa dreißig Meter hoch in den Himmel und waren mit all ihren Arkaden und der Ornamentik des 1. Jahrhunderts vor Christi, geschaffen unter Kaiser Augustus, nahezu unversehrt. Ich sah mit halb geschlossenen Augen auf die Mauern und stellte mir wehende Fahnen, farbig gewandete Bürger des römischen Imperiums, Reiterwagen, Kinderscharen und den Lärm des seit zweitausend Jahren vergangenen Lebens vor.

Während wir über das Oval der großen Arena liefen, redetest du am meisten und ich sah, welche Freude du daran hattest. „Im ersten Jahrhundert nach Christus wurde das Amphitheater wesentlich vergrößert. Einer Legende nach ist die Größe der Arena ein Liebesbeweis, den Kaiser Vespasian einer jungen Schönheit aus Pula erbrachte. Leider existiert keine Überlieferung, die dies stützen oder mit mehr Details ausmalen könnte."

Du führtest uns durch die Katakomben und beeindrucktest unsere Begleiter mit deinem Wissen über das Leben der Bürger des römischen Reichs. Dann stelltest du uns Kaiser Vespasian wie jemanden vor, mit dem du regelmäßig verkehrtest und ich sah, dass Marlen und Sebastian dir an den Lippen hingen. Ich spürte dabei zuerst ein Unbehagen, das mich immer überfallen hatte, wenn deine ganze Aufmerksamkeit vollständig darauf konzentriert war, mit jedem deiner Worte dem Geist des Kunden zu schmeicheln. Doch jetzt entlarvte ich mich selbst und erkannte, dass es bloß Eifersucht war, für die es keinen Grund gab.

Bevor wir das Amphitheater verließen, stieg ich mit den Zwillingen die Stufen bis zum oberen Rang empor und war froh, dass auch sie es genossen, woanders zu sein als immer nur zu Hause oder in der Schule.

Als wir dann in Richtung Stadtkern liefen, nahm ich deine Hand in meine und spürte das Auf- und Abschwellen deiner Pulsschläge, die mit der Rhythmik unserer Schritte und dem Aufbrausen der Brandung die Melange eines neuen Lebens schufen, in dem wir wieder ein verliebtes Paar waren, ein verliebtes Paar mit zwei wundervollen Kindern. Aus dem Blickwinkel der Marktfrau oder des Kellners im Café Joyce am Marktplatz waren wir nur gewöhnliche Touristen, die mit ein wenig Neid betrachtet wurden. Es war vielleicht der Neid derer, für die die Liebe wie ein kurzes Aufblitzen des letzten Sonnenstrahls eines spätherbstlichen Tages im Silber des Tafelbestecks bereits verloschen ist.

Wir standen vor dem Tempel des Augustus, der eine Seite des großen Marktplatzes beherrschte. Ringsherum waren viele kleine Cafés und Restaurants, vor denen die Leute draußen saßen und die leichte, gedankenverlorene Trance von schwerelosen Momenten erlebten. Durch Markisen geschützt vor der Hitze der mediterranen Mittagssonne, in der wir standen und zu den Kapitellen und lateinischen Inschriften aufblickten, aßen sie Fisch aus der Adria oder Pasta. An den Fenstern der karmesinroten Häuser hingen Kästen mit gelben und rot blühenden Blumen. Die Brandung war noch aus etwas weiterer Ferne zu hören und mischte sich unter deine Worte, mit denen du in dieser Sekunde der Weltgeschichte unseren Blick auf das Geschehen an diesem Ort vor zweitausend Jahren lenktest.

„Woher weißt du so viel über diesen Ort?" fragte Sebastian.

„Ich habe die ganze Welt bereist. Leider bloß in der Literatur. Ich habe also einiges nachzuholen", sagtest du.

„Aber Pula, das ist nun kein Ort, über den viel geschrieben wurde, oder?", warf Sebastian ein.

„Ich meine, dass jeder Ort es wert ist, dass darübergeschrieben wird", entgegnetest du. „Jeder Ort kann Schauplatz von

großen Geschichten sein. Zwischen-
menschliche Dramen und Liebe finden
überall statt, wo Menschen leben. Das
meiste davon geschieht, ohne dass es je
zwischen zwei Buchdeckel gelangt. Diese
Stadt hat aber das Glück, dass sich ihrer
ein Literat angenommen hat, der solchen
Geschichten nachgespürt hat. Der kroati-
sche Schriftsteller Dragan Velikic schrieb
über Einsamkeit und Wahn in einem poe-
tischen Roman über Pula, in dem sich Vergangenheit und Gegenwart begegnen."

Sebastian schien mit dieser Erklärung
zufrieden zu sein. Er nickte bloß.

Wir erreichten bald einen Platz, in dessen Mitte ein weiterer kleiner Triumphbo-
gen stand. Dort, wo die Gasse sich weitete,
war ein kleines Café.

Als wir den Marktplatz verließen und
während wir durch eine der Straßen liefen,
die sternförmig vom Zentrum der Stadt ins
Land griffen, spürte ich, wie mein Gang
wankender wurde und ich die Stimmen
von dir, Marlen und Sebastian und den
Kindern nicht mehr auseinanderhalten
konnte, bis sich eine Stimme über das

Rauschen erhob. Ein Mann, der eine Hornbrille mit runden Gläsern trug, saß auf einer Bank im Schatten eines riesenhaften, in voller Blüte stehenden Oleanders. Er trug einen Anzug aus einem engmaschig karierten Tweed, wie sie im ersten Jahrzehnt des zwanzigsten Jahrhunderts Mode waren. Er wurde meiner gewahr und spitzte die Lippen, bevor er meinen Namen aussprach. Er sprach akzentfreies Deutsch, wie es im Buche geschrieben steht, was mich ebenso wenig wunderte wie die Erscheinung des Mannes, die mein Hirn aus der Erinnerung an ein Foto schuf, das ich über meinem Küchentisch in Leipzig hängen hatte.

„Setzen sie sich zu mir", sagte der Mann.

Ich tat, wie mir geheißen wurde. „Woran sind sie? Was beschäftigt sie?", fragte das Bild von James Joyce, das in meinem Kopf entstanden war.

„Ich bin hier mit meiner Liebe, der Erfüllung meiner Träume", antwortete ich plump.

„Sie haben Recht, so zu sprechen. Sie sind in der beneidenswerten Lage, sich ihre Träume erfüllen zu können. Würden sie sonst hier sein und mit mir sprechen, an diesem Ort, in dieser Zeit, mehr als achtzig Jahre bevor sie geboren wurden? Ich bewundere sie. Doch, wo ist ihre Liebe? Ich sehe niemanden. Es scheint mir überhaupt seltsam, dass keine Menschen unterwegs sind. Ich habe noch keine Seele gesehen heute, obwohl der Tag prächtig ist. Es ist mein einziger freier Tag, an dem ich bloß hier zu sitzen brauche und die Gedanken in mir sprießen wie die Blumen."

Ich atmete tief ein und roch das Meer. Es war so real wie es noch einige Minuten zuvor gewesen war.

„Was tun sie hier?", fragte ich das Bild von Joyce.

„Ich bin ein Heimatloser, der hier gestrandet ist und britischen Offizieren Englisch unterrichtet." Er blickte einer Taube nach, die mit lautem Flügelschlag aufflog. „Wenn ich kann, dann schreibe ich. Ich habe keine Heimat und doch schreibe ich über den Sumpf, aus dem ich gekrochen kam, um hier zu bleiben, im Irgendwo. Ich schreibe über Dublin, über die Sehnsucht,

es zu verlassen und über die Vergeblich-
keit des Strebens danach, es jemals hinter
mir zu lassen. Am Ende sind alle an ihrem
Ausgangspunkt angekommen. So wirst
auch du enden, du armer Traumerfüller.
Höre Byrons Worte:

Verglüht das Abendgold und still die Luft
Kein Zephyr wandelt durch den stummen Hain
Kehr ich zurück zu schauen Margaretes Gruft,
Der teuren Asche Blumen auszustreuen.

„Marc, Marc, du träumst." Es war deine
Stimme, die ich hörte.

„Wir wollen etwas essen gehen", sagte
Sebastian.

Es müssen bloß Sekunden gewesen
sein, in denen ich Minuten mit Joyce erlebt
hatte. Wir standen vor dem Restaurant
„Dubliner", vor dem ich Joyce wiedersah.
Er war in Bronze gegossen und saß auf einer Parkbank, den Blick auf eine bronzene
Taube gerichtet.

Wir saßen unter einer großen Stoffbahn,
die leise flatterte, wenn der Wind unter sie

griff und sie aufbauschte. Noch im Schatten fühlte ich mich fiebrig von der Hitze des Mittags und den Ereignissen, die mein Leben verändert hatten und erst langsam in mein Bewusstsein drangen. Wir waren immer in Bewegung gewesen, haben in Gesprächen Gemeinsamkeiten gesucht und haben unsere Gedanken immer auf das nächste gerichtet, was vor uns lag. Die Kategorie, in der wir dachten, hatte vom „Ich" zum „Wir" gewechselt, ohne dass ich die Schwelle gespürt hatte. Dann hatten wir neues Leben erschaffen, waren in ein neues Heim gezogen, ein gemeinsames, hatten alles miteinander geteilt und doch waren wir uns fremd geworden. Nicht wir einander, sondern jeder von uns sich selbst. Wir hatten uns in etwas aufgelöst, das wir für unser gemeinsames Leben hielten, nur waren wir darin nicht mehr vorgekommen.

Das neue Glück war die Wiederentdeckung des Selbst. Es war keine Abkehr von dir, dass ich mehr Zeit mit mir selbst verbrachte, dass ich dich nicht mehr in jeden Winkel meines selbst habe blicken lassen.

Ich habe nur Raum für mein eigenes Leben gebraucht. Wann immer wir dann wieder zusammenkamen und unsere Seelen sich berührten, ohne sich gegenseitig zu vereinnahmen, dann waren wir ganz wir selbst. Wir konnten dann die Abwesenheit der Schwere spüren, die das „Ich" vorher zu tragen gehabt hatte. Trotzdem war das „Wir" ein verhaltenes, noch ängstliches, weil wir beide wussten, was es bedeutete, wenn das „Ich" im „Wir" unterging. Wie auf wundersame Weise wurde es an dem Tag, an dem wir mit Marlen und Sebastian zusammen gewesen waren, für mich greifbarer. Mir gelang es endlich, die richtige Balance zu finden zwischen alleine zu zweit zu sein, weil zu viel Ego in dem „Wir" steckt und nicht mehr ich selbst zu sein, weil das „Wir" das Ego ganz geschluckt hat. In dem Moment, in dem wir uns am Tisch gegenübersaßen und auf die bestellten Speisen warteten, durchfloss mich das Gefühl von Glück. Ich war es, der mit dir dort saß und es war real.

Der Tag verging und abends kehrten wir erhitzt wie vom Fieber in unser Hotel zurück. Die folgenden zwei Tage verbrachten wir an der Küste. Es war eine Zeit ohne Ereignisse. Erst als der dritte Tag in Opatija dämmerte und der Abend schon vom Aufbruch am nächsten Tag kündete, spürten wir, wie sehr wir die Leichtigkeit dieses Lebens genossen, in dem wir uns in den Armen lagen. Auch die Kinder mussten gespürt haben, dass wir glücklich waren, denn sie waren so friedvoll und lustig wie ich sie nie zuvor erlebt hatte.

*

Die letzte Nacht vor unserer Abreise nahmen wir ein Zimmer in einem noblen Hotel an der Küste vor Rijeka. Wir hatten uns vorgenommen, diesen Abend zu unserem Abend zu machen.

Als die Kinder im Bett waren und schliefen, trat ich aus dem Schlafzimmer auf den Balkon, in den Wind, der aufgekommen war. Mein Kopf war frei. Das dunkle Meer lag wie ein Kraftfeld dort draußen. Es hob und senkte sich und wurde sichtbar, wenn ein Gewitter aus der Ferne sein Licht warf. Ich fühlte keine Verlorenheit in der Gewalt der Kräfte, die vor mir wirkten. Ich war ganz ruhig und wusste, dass dies der Moment war, in dem ich mich den Kräften ergeben konnte. Ich wandte mich um und betrat das Zimmer. Es war der Raum, in deren Mitte dein Körper war, der deinen Geist in sich trug. Nichts daran war falsch, als ich mich zu dieser Mitte hinbewegte.

Der Schlafrock glitt an deinem Körper hinab. Das Licht war hell und ich sah an dir keinen Makel. Dein Gesicht, eingerahmt vom lockigen Haar, erschien mir elfenhaft schön. Zusammen glitten wir in das Gleißen der Töne und den Klang der Farben und des Lichts, die dem Moment jedes Raster, jede Struktur nahmen. Ich umfing dich und spürte alle deine Regungen unter meinen Händen. Wir waren vereint in der gleichzeitigen Intensität unserer Gefühle und spürten unsere Leben und die Krankheit dieses Lebens, den Tod, als etwas, das uns als eine Einheit träfe, wenn er uns jetzt ereilen würde. Gleich der griechischen Tragödie des Aristoteles hob die Gefühlsregung sich an bis zur Weltverlorenheit und dem Taumel in einer Zwischenwelt aus Lichtern, Schatten und Farben, um sich dann über uns abzusenken wie ein fein gesponnenes, weißes Leinentuch, das uns sanft umfing und unter dem wir uns in gegenseitigen Liebkosungen auffingen.

In jener Nacht schlief ich unruhig und erwachte nach einem Alptraum, der realer schien als die Realität selbst. Ich hatte, wie durch ein Transparent hindurch, in einen Raum geblickt, in dem nichts war. Die Abwesenheit von dir spürte ich wie eine Präsenz. Ich träumte zu erwachen und war wieder in einer Kammer, in der nichts war. Ich erwachte schreiend und wusste nicht, ob es nur ein erneutes Erwachen im Traum war. Doch dort lagst du im Sonnenschein, der durch einen Spalt im Vorhang fiel.

Es war bereits Mittag, als wir auf die Terrasse des Hotelrestaurants traten. Wir nahmen Platz an einem Tisch, der an dem blumenbehangenen Geländer der Galerie stand, die zum Meer hinausblickte. Es wurde ein spätes Frühstück mit Lachs und Sekt.

*

Der letzte Tag war schnell vergangen. Der Bus zum Flughafen fuhr mit einem Ruck an. Wir verließen Rijeka. Das Glas des Fensters war trübe von Staub und Dreck. Das Licht der Abendsonne fiel diffus wie durch Milchglas auf die Gesichter der Reisenden. Die Sonne verfärbte sich rot und traf auf den Horizont. Die zerklüftete Landschaft erschien wie durch ein Kaleidoskop mit Polygonen aus Schatten und Licht. Photonen schossen durch den kalten, schwarzen Kosmos, streiften unterschiedslos Gestein, Dreck und Lebewesen, wurden zurückgeworfen und fielen in meine Augen, zwei feuchte Wölbungen, die sie wie eine Schranke passierten. Die Photonen zündeten ein Feuerwerk von elektrischen Signalen, die wie verrückt Bilder auf die Leinwand in meinem Kopf warfen. Es wurde dunkel und ich sah durch dein Gesicht in der Scheibe hindurch Lichter aus Fenstern eines Dorfes, das der Bus durchfuhr.

Die Küste war noch als Streifen am Horizont erkennbar und durch die Fenster auf der anderen Seite konnte ich einen

Bergkamm sehen. Die Fahrt dauerte etwa eine Stunde. Ich war müde vom Tag. Ich schloss bald die Augen und das Motorengeräusch des Busses ging in ein kosmisches Rauschen ein. Ein letztes Mal öffnete ich die Augen und sah den Ausdruck eines Glücks frei von jedem Ballast aus der Vergangenheit und jeder Sorge um die Zukunft in deinem Gesicht.

Wir trafen uns im Traum an den Ufern eines Sees, über dem der morgendliche Nebel geisterhafte Schemen entstehen ließ. Es war ein Bild aus meinen Kindheitstagen, in das wir beide zusammen geraten sind. Ich kannte diesen See und ich kannte dieses Ufer. Ich nahm dich bei der Hand und spürte, wie du zittertest.

Mit Schritten, bei denen uns die Beine schwer wurden, verließen wir das Ufer und folgten einem Pfad. Wir gelangten an einen Steg aus Holz, über den wir ein steinernes Haus in einer altertümlichen Bauweise erreichten.

Das Haus bestand nur aus einem Raum, in dem hunderte Stoffbahnen aus reiner Seide von der Decke hingen. Du ließest dir den Stoff durch die Finger gleiten und sahst mich dabei an.

„Ich fühle, dass dieser Stoff nicht wirklich ist. Er ist nur ein Symbol in einem Traum und er bedeutet dir, dass du stirbst, wenn du mich und diesen Ort nicht verlässt. Alle Geschichten, die deine Wirklichkeit ausmachen, die dir im Leben außerhalb dieses Traums widerfahren sind, liegen hier vor uns. Alle Orte, an denen wir zusammen waren, alle Episoden deines Lebens. An diesem Ort wird keine Geschichte mehr aus deinem Leben erzählt. Wir bewegen uns aus deinem Leben heraus und sehen alle Geschichten auf einmal vor uns. Wenn du weiter mit mir gehst, verlieren wir uns im Nichts. Du musst alleine diesen Ort verlassen, dorthin, wo deine Geschichte weitergeht.“

Ich senkte den Blick und weinte. „Wo geht sie weiter? Wie kann sie ohne dich weitergehen?“

„Du musst dieses Haus verlassen und ohne mich an das Ufer zurückkehren. Dort warst du auch in deiner Kindheit. Es sind die entferntesten Gestade Deiner Kindheit, über die du diesen Ort verlassen musst. Du wirst es erkennen. Du musst mich hier zurücklassen, denn ich bin nicht real. Du wirst wissen, was du tun musst. Geh!"

Deine Worte verhallten. Ein Wind blies durch das Fenster und die Stoffbahnen bauschten sich auf und begannen laut zu flattern.

Ich rannte über den Steg zurück zum Ufer und erreichte dort ein Bootshaus. Am Anleger stand eine Frau, die ich als meine Mutter erkannte. Sie war jung. Ich rannte an ihr vorbei, ohne, dass sie mich ansah. „Es ist nicht real", wiederholte ich mir. Meine Gedanken wurden zu Schall, der immer lauter wurde, je näher ich dem Wasser kam, über dem dichter Nebel hing.

„Nicht real", hörte ich in jener und in dieser Welt. Ich erwachte mit dem letzten Widerhall dieser Worte in den Ohren und wusste zunächst nicht, wo ich mich befand, bis ich, mit den Augen blinzelnd, das Flughafengebäude vor mir sah.

Ich freute mich auf so glückliche Tage, die wir in Zukunft verbringen würden,

nicht daran denkend, dass wir uns irgendwann würden loslassen müssen, dass wir
irgendwann, alles würden loslassen müssen.

FINIS

Über den Autor

Markus Haack wurde 1981 in Siegburg geboren. Nach dem Abitur und einem abgebrochenen Germanistikstudium hat er eine Ausbildung zum Buchhändler absolviert. Danach war er für viereinhalb Jahre in Leipzig und hat ein Studium im Fach Buchhandel und Verlagswirtschaft an der HTWK abgeschlossen. Anschließend hat er im Fach Buchwissenschaft an der Uni Mainz promoviert. Er ist verheiratet und hat eine Tochter und einen Sohn. Derzeit lebt er in Mainz.

FSC
www.fsc.org
MIX
Papier | Fördert
gute Waldnutzung
FSC® C083411

Zeitfracht Medien GmbH
Ferdinand-Jühlke-Straße 7
99095 Erfurt, Deutschland
produktsicherheit@kolibri360.de